致青春 107

不二之臣

（下）

不止是顆菜　著

高寶書版集團

目錄
CONTENTS

額度額度額度！

這臭豬頭！季明舒從聚會現場出來就一副不高興的樣子。司機開車前往君逸總部大樓的途中，她也是氣悶地望向窗外。

可能是因為明天大年三十，司機大叔的狀態比較放鬆，等紅綠燈的時候還挺幽默地跟季明舒聊了幾句。

奈何季明舒從頭到尾都一言不發，也不知道一直盯著窗外到底在看什麼，嘴角抿著向下垂，明媚容色平添三分冷豔。

司機從後視鏡裡瞥她一眼，識趣地沒再說話。

車廂內一瞬陷入靜默，季明舒的腦內小劇場卻正熱鬧——

岑森這隻狗！她看起來難道是那種做什麼都只圖他錢的女人嗎？好吧以前她是，但現在她可不是還圖他這個人嗎！他難道是「我眼瞎心盲但我帥且有錢」這星球來的？竟然一點都看不出她的心思！！！

他也不用腳趾頭想想，不喜歡他誰會因為一個小小海島就輕易原諒被網暴這種不可饒恕的錯誤！

不喜歡他誰要冒著被自己公公訓斥的危險硬著頭皮衝進書房送湯！

不喜歡他誰要配合讓他發揮一整晚！累得氣都喘不勻還要為了滿足他身為男人的自尊心

從神態動作語言等方面全方位傳遞出「老公你真的很棒棒」的暗示訊息！

生氣！她可真是太生氣了！！！

到君逸後，生氣的季明舒高冷地戴上墨鏡才緩緩下車。

她今天去參加生日聚會，裡面穿了條酒紅色的小禮服裙，外面是一件米白色的羊絨大衣，高跟鞋閃閃亮亮的，從鞋面閃到了細而高的鞋跟，水晶串成的細帶疏疏落落繞過纖細腳骨，每一步都閃耀著細碎流光。可能是有賴於這身打扮，她手上提著的保溫罐也莫名有了一種新年絕版限定款的氣質。

岑森這時正在辦公室和江徹視訊通話。

江徹眼尖，瞥見他旁邊顯示螢幕上的高清監視器畫面，忽然一笑，還挺有閒心地截了個圖傳到群組裡，並順便中斷通話。

江徹：【圖片】

江徹：【不聊了，你老婆來查崗了。】

趙洋：【這是小舒啊，監視器裡都這麼美？嘖嘖嘖！】

舒揚順勢吹了個究極彩虹屁：【沒錯！季明舒！就是這麼一個在零下八度的低溫天氣裡也渾身上下都寫滿高級和矜貴的女人！】

岑森沒多搭理他們，瞥了眼監視器，撥內線叫周佳恆下去接人。

可內線剛響一聲，他就掛斷了，因為周佳恆已經屁顛屁顛出現在了監視器畫面的角落。

周佳恆連續兩回辦錯事後，總助覺悟忽然有了大幅提升。

知道季明舒要來公司探班，他特地交代司機在快到公司的前三個紅綠燈路口就先和他報個信。

季明舒下車往裡面走的這時，他早在門口恭候總裁夫人的大駕光臨了。

他小心翼翼陪在季明舒身側引路，神色分外恭敬，恭敬得都有點諂媚，「夫人辛苦了，這個我來提吧，夫人您這邊走。」

高冷舒舒半個眼神都沒給，只不鹹不淡地「嗯」了聲。

走進總裁辦的專用電梯，高冷舒舒看了眼亮燈的六十八樓，忽然問了句：「明天就過年了，周助理你不回家？」

周佳恆：「要回要回，岑總特地幫我安排了飛機，明天一早回家。」

他還笑著給她細說岑森有多體貼員工：「岑總還幫我父母準備了一車的禮物非要我帶回去呢，說是前兩年在澳洲沒回家過年，讓我這次回去好好陪陪父母，這些禮物都是他的心意。」

「哦對了，岑總還讓我放了足足七天假，年夜飯都想好了，讓我去我們那裡的君逸華章吃，有親戚朋友過來都可以直接睡飯店……」

周佳恆越絮叨季明舒就越覺得憋屈。

拜託，誰想聽這些！

本以為周佳恆跟在岑森身邊受足了罪，肯定特別能和她志同道合地一起吐槽這過年都不放假的岑扒皮，萬萬沒想到這哥們給點小恩小惠就喜滋滋的，對岑森那叫一個感激涕零！

太沒出息了，太令人失望了！這樣沒有氣節的小油條不配成為季氏舒舒的朋友！

她本想示意周佳恆立即關麥，但下一秒周佳恆又忽然提了一嘴，岑森這幾天正為提前回國所遭受的損失做補救有多麼多麼辛苦。

季明舒稍頓，忽然問了句：「那個，損失了多少？」

周佳恆及時剎車，面上浮現出些許為難的神色。可季明舒不停追問，加之這也不算商業機密，周佳恆猶豫片刻還是遲疑著伸出了一根手指。

「一個億？」

「……美元？」

「……十億？」

周佳恆又伸出另一隻手，比了個零。

周佳恆眼觀鼻鼻觀心，快速道：「十二期投資款加起來是十億，美元。」

季明舒沉默了。

雖然她對金錢數字比較麻木，也知道岑森的身家遠不只這個數字。但她也明白，十億美元作為一筆個人投資款項來說，已經很多很多了。

來時路上醞釀的那些怒火「咻」的一下就被這盆價值十億美元的冷水澆得乾乾淨淨，與此同時，她心底也慢慢滋生出一種名為愧疚的情緒。如果不是因為她，這筆投資不會丟的。

「夫人，到了。」

電梯到達頂樓，見她半晌發怔，周佳恆按住電梯提醒了聲。

一路走進總裁辦公室，季明舒都飄飄忽忽，那種愧疚感越接近岑森就變得越加強烈。

走到岑森的辦公桌前，她眼睫低垂，只默默地打開保溫罐，小聲道：「幫你打包的雞湯，你喝一點暖暖身體，這家店很多人排隊，都說是真材實料。」

岑森默了默。

之前他在通訊軟體裡問是不是要買的東西超過副卡額度的時候，她明明很生氣，還指責他把她想得太過物質。

而且剛剛監視器畫面裡，她那氣勢也不像是來送湯關心，更像是要把保溫罐裡的熱湯潑他一臉找他算帳。

他摘下眼鏡，湊著季明舒推至面前的小碗舀了一小勺。

嗯，味道很正常。

他抬眸看了眼季明舒，「坐。」

可季明舒蹭在他辦公桌邊，手裡把玩著保溫罐蓋子，扭扭捏捏地不肯動。

保溫罐蓋子朝內的那一側有水汽，季明舒把玩著蓋子外面那一圈也沒多加注意，裡頭的水就那麼滴滴答答地全都落在了地上。

半晌，她放下蓋子腳步微挪，剛想和岑森說點什麼，就猝不及防來了個腳底打滑，緊接著一個側向九十八度半的高難度旋轉伴隨高訂小紅裙迎風飄揚以及飄逸秀髮在空中肆意飛舞——

她完美地跌坐在了岑森懷裡。

岑森一手還拿著湯匙，動都沒動，只感覺腿上忽地一重。相比之下季明舒就主動多了，在坐下的那一瞬間，便自動自發環上了他的脖頸。

「……」

「……？！」

季明舒懵了懵，大腦大概空白了四五秒才反應過來剛剛發生了什麼。

她後知後覺對上岑森沉靜的眼眸，分明從岑森眼底的沉靜中看到了「沒想到你這麼主動」、「很好，投懷送抱的手段非常別致」、「既然做得如此明目張膽那我就勉為其難收下好了」等多種情緒。

不！她不是故意的！剛剛一定是有阿飄附體，這一系列高難度動作她才能完成得這麼順暢自然無懈可擊！

想到這季明舒下意識鬆了手。

可岑森已經放下湯匙，雙手都已經環上了她的腰。

「等……等一下！」

「我不是，是地板太……太滑了，我不是故意的！」

岑森的目光已經落到她鎖骨以下的位置，只不以為意地「嗯」了聲，又應承：「年後換新的地板。」

顯然不把她的解釋當回事。

季明舒不爭氣地紅了紅臉。見岑森目光幽深，她心底的羞赧不知怎地，也慢慢朝著破罐子破摔的方向進化。

察覺到岑森的手開始不安分時，她乾脆一不做二不休，光明正大地抱住岑森並縮進了他的懷裡。

岑森意動，她又小小聲說起正事：「我前幾天聽到爺爺和爸在書房說，你提前從巴黎回來，結果被岑楊搶了一筆項目投資，對不起啊……」

岑森眼底暗色略略褪去。

季明舒又心虛地細聲說：「不然那個島就先別買了吧，能看極光那都在北極圈了，肯定特別冷，一年也去不了幾次，維護費用很高的。還有，我以後也可以少買一點東西，還有你上次送我的那個戒指，都沒機會戴，不然我把它賠給你怎麼樣。」

「小錢而已，我還沒窮到要讓自己老婆賣首飾的地步。」他揉了下季明舒的腦袋，身上疲憊彷彿也倏然輕減。

保住了小島和戒指，季明舒有點開心，畢竟她也就是意思一下沒有真的想要賣。

她坐著不安分地晃蕩，不知怎地又追問起了岑楊的事，還幫岑楊小聲解釋：「其實岑楊也滿不容易的，就是……由儉入奢易由奢入儉難，差不多這個意思，你懂吧？你想想一下子落差這麼大，他這些年肯定是有些意難平的……」

岑森當然懂，他甚至還很能理解岑楊為什麼會時隔多年仍無法釋懷。

其實這裡頭還有些關於岑家的事情不足為外人所道，季明舒這種親近的人也並不知情，他也不想讓季明舒知情。

永遠快樂簡單，遠遠好過背負過往負重前行。

就像他也不想告訴她惡剪事件更深一層的真相，去破壞曾給過她幼時溫暖的岑楊哥哥美好形象一樣。

只不過，不破壞不等於他能允許季明舒一直在自己面前提其他男人。

季明舒還想再多說點什麼，岑森就忽然封住了她的唇，溫柔親吻。

季明舒也是個不爭氣的，沒幾秒便在這溫柔中迷失，而等待她的，就是下一秒被這忽然凶猛的溫柔攻城掠地。

她前後掙扎，嗚咽著想要出聲，可岑森半點機會都不給。

她眼角餘光還瞥見，岑森騰出手在桌面觸控面板上按了個鍵。那按鍵略略發光，上面隱約有一道斜線，「請勿打擾」的意思？

她也來不及深想，因為這吻結束，岑森又抱著她起了身，將她放在了辦公桌空餘的一角。

辦公桌冷硬，坐起來不怎麼舒服。

見岑森漫不經心用指腹擦了擦下唇，季明舒下意識地往後仰了仰。可岑森也順勢傾身，雙手撐在她桌邊。

他眼瞳深黑，清清淨淨地凝視著她，隨意鬆鬆領口，喉結微動。

空氣瞬間變得安靜，對視一下子也變得避無可避。

季明舒耳朵發紅，小心翼翼地問了句：「是要……要在辦公室嗎？」

不得不承認，在某些時候季明舒還是很識時務的一個女人，再加上心裡還有點想要彌補的愧疚，所以這時面對岑森，她顯得格外乖巧。

辦公室內的百葉窗緩緩下落，燈光也由強烈的白光轉換成了柔和的暖黃，光影昏昏昧昧。

一片寂靜之中，辦公桌方向倏而傳來衣服和文件一起落地的窸窣聲響。

季明舒坐在桌上，雙手無力攀附在岑森肩上，幾次落下，又幾次搭了回去。

岑森額前的黑髮略有濕意，情至深處，他偶爾會附在季明舒耳側說些什麼，聲音低低啞啞的，眼底也泛著紅。

季明舒大約是擔心外面有人會聽到，由始至終都不敢發出多餘聲響，實在忍不住發出的聲音也是悶悶的，帶點刻意的壓抑。

其實季明舒的擔心有點多餘，臨近過年，員工基本上都已放假，君逸總部大樓人很少，頂層總裁辦公室的人就更少了。再加上岑森還掛了「勿打擾」的提示，哪個不長眼的敢多近半步，窺聽半分。

可是呢，季明舒這一進去就幾個小時不出來的，對面總助辦公室的幾個助理有點不知該如何自處，你望望我我望望你，都能從彼此眼中讀出「這光天化日的我們還杵在這裡合適嗎」、「岑總之後會不會把我們通通開除啊」的極端尷尬。

別人打電話過來說有文件急需岑總簽字批回，他們一邊面不改色回著「岑總在忙」，一邊又忍不住默默腦補些在忙的場面，就更尷尬了。

晚上七點多，岑森撥通內線，沉著聲通知他們下班。

他們巴不得趕緊消失，忙收拾東西一陣風似的捲了出去。

季明舒再三確認外頭沒人，才敢戴上墨鏡拉高衣領，跟在岑森身後小步小步往外走，她走路的姿態不太自然，似乎隨時都會軟下去，膝蓋也微微發著紅。

可能是白日已經饜足，晚上回家，岑森沒再有所動作，季明舒縮在他懷裡，安安穩穩睡了個好覺。

✕

次日便是大年三十，老天爺難得在連日大雪過後露了個笑臉。

季明舒和岑森很早就起床前往季家大宅。

中午他們兩人留在季家吃團圓飯，席間二伯季如柏舊事重提，條理清晰主次分明地全方位開啟了婚後三年的催小孩進程。

「二伯，我才二十五你急什麼，好多女孩子在我這個年紀婚都沒結，還在念研究所找工作呢。」季明舒放下筷子撒嬌。

可季如柏對她撒嬌的這套早有抵抗力，思辨能力還特別好，「還二十五二十五，年一過你就二十六了。而且你不是沒念研究所也沒找工作嗎，跟人家有什麼能比的。再說，讀研究所找工作難道還影響結婚生子？思槐你說說，你們學校是不是還滿多小女生邊讀研究生邊結婚生孩子來著。」

季思槐是季明舒的大堂哥，任職於某所知名大學，在學術研究上頗有建樹，三十出頭便已評上副教授職稱。

他笑著應聲道：「還真的滿多，別說研究生了，大學生都滿多的。去年一個大三小女生想找我當她導師，我看她腦筋靈活，綜合水準也不錯，想說能保送研究所的話倒是可以來我實驗室，結果那小女生大三還沒念完，就直接生小孩去了。」

季如柏滿意聽完，又用一種「聽見沒，我說的就是真理」的眼神瞅著季明舒。

緊接著季如松和她的大伯母、二伯母、一眾堂哥們也都齊齊望向她，還都一副「你二伯說得對」的表情。

季明舒一口湯含在嘴裡，硬是沒咽下去。

好在岑森溫聲出言，為她解圍道：「明舒還小，我們可以先做做準備調理身體，過一兩年再生小孩也不急。」

說完他又輕抬酒杯，和她大伯二伯還有堂哥們敬酒。

岑森都這麼說了，大家自是不好多勸，畢竟天天蹲他們家碎碎念也沒辦法強行幫他們兩人造人。

好不容易應付完季家這一遭，晚上到了南橋西巷吃飯，岑家長輩也像是和季家長輩串通過似的，沒說幾句就舉出各種例子旁敲側擊，他們兩人不接話，便直接問起了他們兩人打算什麼時候生小孩。

不過岑家這邊比季家那邊好，因為岑迎霜趕著過年的當口回了家，她這大齡未婚女青年衝在被長輩問候的第一線，替季明舒擋掉了不少子彈。

年夜飯後夜幕也已降臨，電視打開，廣告喜氣洋洋，岑家涼亭正屋也是一片歡聲笑語，晚輩們吃完飯後，都一溜煙地跑出巷子，去自家汽車的後車箱搬煙火，往回走的途中，還互相比著誰的煙火比較新潮比較高級。

季明舒和岑森在正屋陪著長輩們說了會兒話，季明舒說晚上吃得有點撐，岑森便說帶她出去散步。

大人們都揶揄他們小倆口夫妻恩愛，季明舒三分配合做戲，七分發自內心感覺甜滋滋的，和長輩們嬌嗔幾句，便起身挽住岑森往外走。

⤫

平城冬夜氣溫很低，半空中有呼出的一口口白氣，兩人沿著狹窄的老舊小巷一路往外散步。

其實季家以前也住這條小巷，不過念高中那時候季家舉家搬遷。十幾二十多年了，這條小巷好像還和小時候一樣，人還是那些人，路也是那條路。

季明舒看到巷口的電線杆，忽然指著說：「你還記不記得。」

岑森看她。

「就小時候我和同學經常在這邊跳橡皮筋，那個橡皮筋是可以拆開的嘛，我們就經常把一邊固定在這個電線杆上。然後有一次我們分完組後，少了個站那裡撐著橡皮筋的人，剛好你放學回來，我就請你幫個忙。你記不記得你那時候特別冷漠！用那種冷颼颼的眼神瞥了我一眼，哼都沒哼一聲就直接就回家了。我當時真是太生氣了！和我那幾個同學罵了你好一會兒呢！」

「是嗎？」岑森想了想，認真回答道，「我不記得了。」

季明舒白了他一眼，心裡默默碎碎念了句：你不記得的事情可多了。

她趁著這機會好好和岑森翻了翻舊帳。歷數她以前赤誠以待真心想和他做好朋友，結果他冷著臉拒人於千里之外，還不停做混帳事的種種罪狀。

岑森聽得認真，卻始終安靜，因為季明舒說的那些事，他是真的不太記得了。

剛到南橋西巷的前兩年，他還沉浸在有安父安母有小妹妹的世界裡無法抽離，就連上學聽到同學叫他名字都會特別抗拒，總會在心底默默糾正：我不叫岑森，我叫安森。

英文老師溫柔地問他有沒有英文名字，如果沒有的話她可以幫忙取一個，他也毫不猶豫地在登記表後寫了一個Anson，這英文名甚至一直沿用至今。

雖然不記得季明舒說的那些事，但想來，當時的他對整個世界都不信任不關心，大概也沒有辦法去接受季明舒一看就「別有企圖」的好意。

不過聽季明舒數著他的兒時百宗罪，岑森倒忽然想起江徹從前說過的——

「你記不記得小時候你剛到南橋西巷那時候，季明舒可喜歡你了，天天帶著零食去找你玩。」

……

「怎麼沒有，那時候舒揚還天天笑她熱臉貼你冷屁股來著，還說她這麼快就把岑楊忘到了九霄雲外，沒良心。」

……

想到這些，岑森轉頭，「江徹說，我小時候剛到南橋西巷的那時候，你很喜歡我。」

還在叨叨的季明舒話音忽頓，「是啊，就是那種，出於對顏值欣賞的喜歡，你懂吧？」季明舒倒沒否認，只是小心解釋了一下。

「我長殘了嗎。」

「……？」

「沒吧？你這樣還算長殘，那別人怎麼活。」

季明舒從不吝於對岑森外貌的誇獎，畢竟這也是對她審美的一種肯定。就連剛結婚那時候她單方面挑起紛爭，到最後她也會放句狠話說：「看在這張臉的份上，我懶得跟你吵！」

岑森好像是笑了下，又問：「那你現在對我，還有出於對顏值欣賞的喜歡嗎。」

季明舒：「……」

這樣套話是要被浸豬籠的！

兩人已經走到巷口的電線杆前，季明舒嘴唇抿得很緊，小心臟也不爭氣地怦怦亂跳，可就是不接話。

巷口冷風拂面，長街上路燈細碎，映著深夜又忽然飄落的雪花，還有對面小孩晃著仙女棒歡笑追鬧的童稚小臉。

季明舒正在糾結著怎麼回答，岑森忽然從背後抱住她，將她整個人都裹進了自己的大衣，手從身後往前繞著，環抱住她。唇也貼在她的耳側，清冷濡濕，帶些癢意。

季明舒臉熱，略躲了一下。

說起來……這有點超過聯姻夫婦的恩愛範疇了吧，其實之前幾次好像也有點……她之前一直有去克制自己不要多想，一則怕是因為自己喜歡，所以為岑森的行為加了很多濾鏡；二則怕問出了口，得到一個令自己感到失望的答案。

可現在她很清晰地感受到，好像不是她在多想。

她吞吐道：「那，那你先回答我。」

「嗯？」

「你……是不是，是不是喜歡我？」她問完也沒停留，趕忙為自己解釋：「不是我自戀，只是你最近一直，就對我好得有點過分。那如果你不喜歡的話也是你的錯，因為你給我造成一種這樣的錯覺你知道吧，比如之前為了我從巴黎提前趕回來，給我買這買那還……」

岑森很淺地笑了一下，「現在才看出來嗎。」

✕

其實季明舒後來回想，那個除夕夜是很平淡的。

岑森在巷口抱了她一會兒，雪越下越密，兩人便沿著出來散步的路牽手往回走。

回家後他們在正屋和長輩們看了會兒春晚，快凌晨十二點的時候分吃餃子，她吃不下，偷偷將大半轉移給岑森。

再後來雪停，岑森陪她去外面堆雪人，她用樹枝在雪地上歪歪扭扭寫了「我喜歡你」四個字，揪著岑森過去看，可岑森看完還要聽她說，她扭捏了一下，也就很沒骨氣地說了。兩人在雪人面前膩了會兒，又回房窩在被子裡一起玩手機，說說笑笑。

岑森的笑都是很淺淡的，神態輕鬆，唇角稍往上揚，牙齒都不大會露。但平時不笑的人偶爾笑那麼一下，也會讓人覺得特別溫柔。

再再後來，他們也沒有做什麼兒少不宜的事，聊天聊累了，就互相抱著沉沉入睡。

就是那樣平淡的一個夜晚，讓季明舒第二天起床的時候傻傻坐在床頭，分不清是真是夢。

她一度覺得有些人可能生來就沒有愛人的能力，能有一次單箭頭的喜歡都算難得。而除夕夜，她好不容易亮起的單箭頭，忽然有了來自對方的回應。

刷牙時，季明舒滿口白沫都沒吐盡，就含糊不清地轉頭問：「李（你）昨晚是不是說喜歡窩（我）？窩（我）不是寨（在）桌（做）夢吧？」

岑森已經洗漱完畢，額前碎髮略帶濕意，一副清爽乾淨的樣子。

見季明舒頭髮亂糟糟的還仰著張小臉發問，他又接了杯清水遞到她面前，「好好刷牙。」

緊接著又擰了把毛巾。

季明舒直勾勾地盯著，原以為岑森表白之後忽然轉性，還知道擰毛巾幫她擦臉。

可她偷偷樂不到三秒，就瞧見岑森慢條斯理地按著毛巾，擦了擦自己衣服上被她不小心噴出的牙膏泡沫。

季明舒：「……」

一點牙膏泡沫就嫌棄成這樣，這要她怎麼相信這臭男人是真心喜歡她能和她同甘共苦不離不棄生兒育女共度餘生呢？

未待她發出來自靈魂深處的疑問，岑森又擰了把毛巾，幫她擦臉。

他的動作算不上溫柔也稱不上嫻熟，但勝在仔細。

擦完後，他還稍稍傾身，在她臉上落下一吻，「不是做夢。」

他的唇冰冰的，還有牙膏的薄荷味道。

粉色泡泡從心底一點點地往上升。

季明舒緩慢地點點頭，又轉身面向鏡子，默不作聲快速漱口，並決定——將剛剛的疑問重新壓回靈魂深處。

✕

岑家有守歲的習慣，吃早餐的這個時間，大人們基本上都剛沾床，餐廳裡除了季明舒和岑森，只寥寥坐了幾個精神最好的小蘿蔔頭。

沒長輩在，季明舒也就沒多在意規矩，邊吃飯還邊滑了會兒社群。

前段時間的惡剪事件大反轉後，她的社群帳號足足漲了四十萬粉絲。過後事件平息，她清空了所有動態，可粉絲數還是在穩定增長，私訊也滿滿當當，都是在問她考不考慮出道，為什麼要清空動態，什麼時候營業一下……

平日女明星炒個假白富美人設都能多吸不少粉絲，多引不少熱度，這活生生一個如假包換還很有個性的正宗白富美擺在眼前，自然是相當惹人好奇。

季明舒原本不想多在公眾面前冒泡，只盼著大家早點忘了這事不要三不五時地帶她出場。但她這邊平息了，顏月星和節目組的後續撕逼還像連續劇似的沒完沒了，身為事件關鍵人物之一，她這一時半會也不可能從八卦議論中徹底退場。

再加上她昨晚實在是太想炫耀了！岑森向她告白的那一刻，她就很想向全世界宣佈，我喜歡的人他也喜歡我，我季氏舒舒一定是這個世界上最幸福的女人！不接受任何反駁！！！所以她在通訊軟體個人頁面得意完，還沒忍住，將兩人手握仙女棒的照片傳上了社群，並配文道：「和岑先生一起度過的除夕。」

她被限制流量，發完半晌也只滑出零星回應，也就沒有多加蹲守。

可等這時再看，她那則秀恩愛的動態分享按讚留言都已經破了五千，左上角還有小小的「熱門」二藍字。

季明舒沒怎麼玩過社群，並不知道這是有人幫她買粉絲頭條才會出現的標誌，還以為自己真的很厲害憑本事上了熱門。

於是她托著腮，邊小勺小勺舀湯，還邊和岑森擺架子，「我社群現在有五十萬粉絲了，隨便發則動態都能上熱門，你知不知道？」

岑森極其敷衍地「嗯」了一聲，眼都沒抬。

他早上只穿了件寬鬆的黑色毛衣，戴淡金色細邊框眼鏡，這時正坐在季明舒對面，邊吃早餐邊看平板上的財經新聞，隨意且居家。

可這副隨意且居家的樣子落在季明舒眼裡，再配上那一聲極不用心的「嗯」，瞬間就變成對她這位五十萬粉網紅的漠不關心！

季明舒忽然起身，蹭到岑森身邊坐著，還將自己吃了一半的包子塞到岑森嘴裡，半是撒嬌半是警告地說道：「我告訴你，你以後要是敢對我不好我就去社群上罵你！」

「……」

岑森放下平板，指骨修長的手捏著包子，細嚼慢嚥，吃完了他才垂眼問：「我什麼時候對你不好了？」

季明舒拖著他的手臂，理直氣壯，「我剛剛跟你講話你還一直看新聞，這不就是對我不好對我說的話毫不在意嗎？」

她滿臉都寫著「你的小嬌妻現在很不高興」，岑森喝了口湯，揉了下她腦袋，又緩慢道：「以後改正。」

季明舒這才滿意，又挑揀出自己動態底下那些嚷嚷著「總裁夫人太美了」、「總裁夫人求出道」的留言和岑森即時播報，想對他施加點壓力讓他正視一下自己貌美如花的老婆行情到底有多好。

旁邊幾個也在吃早餐的小蘿蔔頭打量著他們兩人，佔據著圓桌一角竊竊私語。

男蘿蔔頭一號：「以後找老婆可千萬別找表嬸這樣的，太嚇人了！」

男蘿蔔頭二號：「哥你也是，我覺得爸爸說得滿對的，長得漂亮的都沒用，我們要看內在。」

女蘿蔔頭一號：「說得好像你們能找到表嬸這麼漂亮的老婆似的……」

女蘿蔔頭二號：「就是啊，小小年紀就直男癌！」

男蘿蔔頭一號：「你還女權自助餐呢！」

女蘿蔔頭二號：「岑必庚你能不能不要學個詞語就亂用，傻不拉嘰！」

小孩子吵架的時候也不會想要瞻前顧後，沒一會兒，這幾個蘿蔔頭就由小聲鬥嘴轉化成大聲吵架，而且已經脫離原先議題上升到了人身攻擊。

就在這時，岑森忽然放下碗，抬眼輕掃，沉聲道：「不吃飯就去寫寒假作業。」

就這麼清清淡淡一句話，幾個小孩像是被施了定身咒般忽地端正，且安靜如雞，連呼吸都小心翼翼。

季明舒瞧了眼那幾個小臉緊繃的蘿蔔頭，腦海中忽然冒出一個想法——以後她和岑森生了小孩，應該也不太需要她操心吧。岑森這種鎮塔大boss的冷面氣質，隨便給他一個小孩大概都能教育得服服貼貼。她這位慈母，只需要偶爾表現一下自己的溫柔體貼，帶著小朋友逛街購物拍拍照就好了。

想到這，季明舒笑咪咪地看著岑森，對他的表現一臉滿意。

不過這份滿意也沒維持多久，因為他那位陰魂不散的前女友大人存心不想讓人好過，大年初一就開始讓人不悅了。

繼電影宣佈開拍後，李文音竟然又開始賣書！賣的是電影同名小說，還請了好幾個知名作家作序推薦！

也不知道李文音這大招是想方設法憋了多久，前期沒有聽見任何宣傳，就在這大年初一冷不防地發了篇長文，從封面設計的理念一直念念叨叨到隨書附贈的禮物，字裡行間都在述說自己的用心和對這本書的珍視，可以說是將「販賣情懷」這四個字發揮到了極致。

李文音當年那篇《我的前任結婚了》的文章吸了不少粉絲，這幾年在國外進修，她也不忘時不時地在社群上發幾句聽不懂看不懂的外語，拍拍畫展藝術品，為一些高評分的文藝片和書籍寫影評書評，再極偶爾地放放自拍，分享一下品茶、插畫、出席高級活動的日常，社群粉絲竟也慢慢漲到了近百萬。

她這種走高大上路線的文藝部落客活躍粉絲很多，大年初一忽然憋出個影視同名書籍出版的大招，粉絲自是積極回應。再加上她早有準備，沒多久她這則動態的分享按讚留言就紛紛破萬，#李文音新書和她的電影名也悄然登上熱搜。

更誇張的是，在一兩個小時裡，她的新書預售就已登頂各大圖書網站的榜首，她還發了則感謝動態，說什麼沒想到會有這麼多人買，編輯剛剛通知她說就要再刷了之類的。

季明舒看到這動態的時候差點沒被氣死，她毫不客氣直接把手機懟到了岑森臉上，「這就是你說的誰知道電影會不會上映！電影會不會上映我不知道，書可是馬上就要上市了！你前女友以為自己是當代李清照嗎她？！還要出書還要再刷還想讓你們感天動地的愛情故事流芳千古呢！！！」

季明舒太氣了，「而且她社群粉絲為什麼比我多這麼多！分享按讚留言也比我多了一倍還不只！我也太沒有面子了！！！」

岑森：「……」

他閉著眼，從臉上拿下手機，一時竟無法分辨季明舒比較在意的到底是哪個問題。

其實出書一事，拍電影之前李文音就在同步籌備，也的確如她動態所言，她為這本書的上市花了很多心思。只不過出書盈利有限，她沒有像籌備電影那般盡心竭力提前預熱。

她上一次和岑森、季明舒見面還是在《零度》的答謝沙龍，沙龍活動後，季明舒那幫姐妹不遺餘力地四處潑她髒水，說她妄圖插足他人婚姻還恬不知恥要拍電影噁心人家，她這種婊出天際的極品綠茶前任簡直就是誰沾上誰倒楣。

這些言論或多或少都為她帶來了一些不好的影響，不過她原本和季明舒就不是同一路人，影響終歸有限。何況這年頭名利場中打滾，誰又出淤泥而不染、清清白白無可指摘。

李文音對這些言論不甚在意，她在意的是岑森為季明舒出手，她在意的是季明舒什麼都不做，又在心上人這事上稱了心，如了意。

其實她大多時候都活得很明白，她知道自己今天所擁有的一切都來之不易，做很多事情之前都應該多加權衡，周圍也有一些人會這樣提醒……但好像遇上關於季明舒和岑森的事情，就不行。

她就是不想讓季明舒好過。

✕

晚上回家，家裡燈火通明，李文音的媽媽馮淑秀正在陽臺修剪花枝。

馮淑秀這些年養尊處優，閒來無事也學城中闊太們蒔花弄草，修養氣質早已不是當年終日操勞的司機遺孀和季家保姆可比。

「媽，我回來了。」李文音邊換鞋邊看手機，心不在焉地打了個招呼。

為了書和電影，她過年都不得片刻休息，回來這一路她還在和編輯商量這本書預售期不同管道的贈品問題。

馮淑秀沒回頭也沒應聲，可背後好像長了眼睛似的，在李文音準備回自己房間的那一瞬，她忽然喊了聲：「站住。」

李文音稍頓，抬頭看了眼陽臺，又回身往客廳走。

兩人在客廳相對而坐，李文音問：「媽，怎麼了？」

「你說呢。」馮淑秀神情很淡，聲音也很平靜。

李文音默了默。

見她臉上瞭然卻不說話，馮淑秀又問：「電影我叫你不要拍你不聽，現在還一聲不吭折騰本書出來了，你非要把季家和岑家得罪個乾淨才罷休是不是？」

李文音隨意地垂著眼，解釋也淡，「媽，你想得太嚴重了。我和季明舒這輩子也不會對盤，得罪不得罪，她都不會給我好臉色。而且我出書拍電影都只是為了賺錢，為了擴大名氣，為了往更高的位置走。我也沒做什麼見不得人的事，他們能拿我怎樣。我不是麵團，不會任他們搓圓揉扁的。」

「還嘴硬！這錢好賺？」馮淑秀盯著她沉默了幾秒，重聲警告，「我告訴過你多少次，有多大的本事就幹多大的事，不要妄想那些不屬於你的東西！」

聽到這話，李文音扯了扯唇，原本低垂的眼眸也抬起來，一眨不眨，對上馮淑秀忽而銳利的視線。

「媽你不是撫恤金都不要，非要賴在季家做保姆妄想著攀高枝，這才嫁進鄒家的嗎？我現在這樣子，還不都是和你學的。」李文音極盡譏諷。

「你跟我學？你學到了多少？」馮淑秀直直看向她，並沒有因為她的譏諷惱羞成怒，先是反問了一句，而後又深呼吸，對她擺事實舉例子，聲音甚至還比先前責備時平和了許多，「鄒家是我能力範圍內最好的選擇，就像你的最佳選擇是原家一樣。岑家你不要想，也不要一門心思和季明舒作對。」

李文音盯著馮淑秀，冷笑了下，像是聽到了什麼特別好笑的笑話般，那笑還持續了好幾聲。

說來，李文音也是真是覺得好笑。這些年外頭一直有人議論，說她媽好心機好本事，一個帶著拖油瓶的司機遺孀，硬是從季家保姆飛上枝頭，嫁進了鄒家做太太。

鄒家在平城交際圈裡走的是高知識路線，說得好聽點是高知識，實際就是窮還擺姿態。

尤其是當家做主老不死的鄒老太太姿態最高，一萬個看不上馮淑秀這帶著拖油瓶的保姆，當初要不是李文音她繼父狗血地絕食相逼，這婚是肯定結不成的。

雖然最後結成了，但這麼多年馮淑秀和李文音也還是像古代外室似的住在這城郊小洋房裡，過年都不能回老宅吃年夜飯，那一大家子都嫌她倆礙眼。

可就是這般待遇，馮淑秀也不怒不怨，面對老公溫柔體貼，時常一副知足模樣，滿臉都寫著「這輩子能嫁給你是我最大的幸運」。

李文音最看不慣的就是她媽這副德行，更看不慣她媽自己眼光短淺，還非要攔著她爬得高一點，爬得再高一點。

她李文音除了家世又有哪點不如季明舒？憑什麼從住進季家的第一天起，馮淑秀就要像洗腦似的告訴她兩人家世不同，自己永遠也無法擁有季明舒所擁有的一切？

受夠了。

真是受夠了。

李文音忽然拎著包包起身，一言不發往門口走。

馮淑秀在身後再次喊了聲：「站住！」

李文音保持著開門的姿勢沒動，也沒回頭。

「小音，這是我最後一次勸你。平心而論，媽這些年已經在自己能力範圍之內，為你謀了不少東西，好名聲、好學歷、好地段的房子，還有原家這麼一個好對象。但你自己如果不珍惜，非要掐著那點心氣和季明舒作對，那你跌下來的時候，我也絕對不會再多扶你。」

李文音諷刺扯唇。

這就是她媽，沒錢的時候是粗糙的利己主義者，有錢的時候是精緻的利己主義者。怕她得罪季明舒影響她鄒太太的生活品質，就這麼急著和自己唯一的親生女兒撇清關係。

聽罷，她頭也不回地選擇了離開，將門摔得震天響。

馮淑秀靠在沙發上閉了閉眼，實在是不理解，為什麼自己這輩子活得明白清醒小心翼翼，會養出李文音這個敏感好勝心比天高的女兒。

其實心氣高不是壞事，但能力配不上心氣，遲早都會惹出禍來。

✕

馮淑秀對李文音跌重的預言很快實現。

無他，季明舒堅決貫徹落實「這本書一天在我面前擺蕩你就一天別想得到好臉色」的方針，對岑森實行「不說話不對視不同床」的三不冷暴力。

不理岑森，季明舒只好理理她的塑膠以及非塑膠姐妹花。

谷開陽：【？？？】

谷開陽：【這件事你老公也很無辜吧，你可別作過頭了。】

季明舒在群組裡說起這事，谷開陽不怎麼贊同。

可蔣純卻難得地和季明舒站在了同一陣線。

蔣純：【？？？】

蔣純：【不不不！】

蔣純：【谷編你是時候該正正經經談個戀愛了，不是，你談過戀愛嗎……？你自己想想，你天天特別懂事，回家就洗衣做飯拖地，看到男朋友衣服上有口紅印也一致對外覺得是小綠茶陷害，你看看能談幾天？男人不壞女人不愛，女人不作男人也不愛！】

季明舒：【我宣佈以上發言是鵝言鵝語的巔峰時刻！】

谷開陽：【……？】

谷開陽：【信了你們的邪。】

可很邪門的是，岑森好像就是鵝言鵝語中那種「女人不作男人不愛」的男人。季明舒一生氣，岑森就無條件地開始往自己身上攬責任，還放低身段哄她開心，承諾想辦法讓李文音取消出版。

事實上李文音在創作途中特意避開了法律風險，沒有給人留什麼餘地，就算全世界都知道岑森就是原型，原型還不願意被寫被拍，也拿她毫無辦法。

大約是老天有眼，不等岑森出手，李文音的書就出了事——預售不足一週，忽然被全平臺下架。

原因據說是例行抽檢不合格，書中有不少違規內容。

說起來，這部分違規內容李文音和出版社都心知肚明，但為了銷量，李文音也默許對方用了點手段糊弄了過去。真的抽檢到她的書，那是很經不起查的。

這消息太過突然，李文音收到大量粉絲質疑，幾乎是下意識地把鍋推給了出版社。

出版社將李文音這本書當成重點中的重點來做，安排了多家印刷廠同時開工，已經完成了數萬冊的印刷，前期鋪天蓋地的宣傳也耗用了不少經費。

突遭下架，出版社虧出了血，李文音竟然還在這種時候直接把鍋全部推到他們身上，他們自然不接受！

於是出版社官方帳號直接在社群開撕——當初內容是你寫的，定稿你也是親自過目的，內容也是你自己堅持要保留的，這時清清白白裝白蓮花？

可李文音也不是傻子，你把鍋推回來我就得接？

她冷靜下來，又發了一則明為道歉實則撇清自己的高階白蓮動態，說這件事都是她自己的錯，自己沒有出版經驗，誤以為出版社能通過的稿件就一定沒問題，順便曬出了當初的出版合約，將其中責任歸屬部分畫了重點。

李文音粉絲多，出版社官方帳號再次淪陷。

這短短時間李文音已經冷靜下來，書出不了沒關係，她的損失不大，無非就是拿不到稿費而已。她還可以利用這次事件為自己的電影造勢。

出版社察覺出這苗頭就更不能接受了！

這女人簡直是絕了，推完鍋還要踩他們捧電影上位？誰讓你上位誰就是孫子！他們這邊粉絲沒李文音多，那沒關係，買行銷帳號，分享抽獎啊！

雖然不能出版已是拍板定案的事，雙方屁股都不乾淨，但出版社咽不下這口氣，非要比一個誰更不乾淨。雙方這麼你來我往地爭執得厲害，加上李文音的同名電影已經開拍，男女主角也都有熱度，一時間還不少人關注此事。

李文音覺得自己雖然被潑了不少髒水，但對這不請自來的流量，也是滿意且歡迎的。

可年十五新年結束的那天，娛樂圈又傳出瞬間登頂熱搜的爆炸新聞——蘇恪性醜聞曝光！

蘇恪到底是誰、有什麼代表作、紅不紅，這些都不重要。重要的是，他是李文音那部已經開拍的電影的男主角。

「蘇恪性醜聞？」看到這新聞時，季明舒剛好敷完面膜，她匆匆撕下面膜紙，還未來得及清洗便跑出洗手間，「這事不會是你幹的吧？」

岑森靠在床頭看書，抬眼溫聲道：「我又不是黑社會。」

季明舒：「……」

岑森慢條斯理翻頁，金絲邊眼鏡微微反光，「我總不能逼他做這些事。」

季明舒聽懂了，這話翻譯一下意思就是：我雖然不能逼著人家做這些事，但我可以揪住他做這些事的小辮子告小黑狀。

她還真沒想到，岑氏森森原來是一位優秀的朝陽區區外群眾[1]。

她蹭到床邊，瞄了眼岑森手裡的書。果不其然，岑氏森森的總裁品味也培養得十分到位，看個書都是純外文版。

她按住書，冷不防湊上去親了一口，又迅速坐直，居高臨下道：「表現不錯，獎勵一下。」

岑森輕笑，微垂著眼繼續看書。

季明舒大晚上主動親他，無非也就是仗著來了例假可以為所欲為，說是獎勵，其實更像

1　朝陽群眾是北京市朝陽區線人的代稱，曾多次成功舉報名人吸毒和嫖娼行為。

折磨。

季明舒心裡也很有數，撩撥完就心情很好地起了身，小手手背在身後，走個路顛啊顛的，嘴裡還哼著調子跑到了十里外的宮鬥劇主題曲。

岑森看了眼她的背影，平日冷硬的面龐似乎也在落地燈光暈中變得柔和了不少，嘴角也帶著向上的、若有似無的弧度。

✕

其實如果不是李文音太能惹是生非，岑森是沒想這麼早出手的。

若說其他不知名小角色的醜聞，遮一遮壓一壓，或者等風頭過去，對電影影響都不大。可這回的性醜聞還涉及強迫犯罪，且主角是上升期的當紅小生，消息爆出來，本人人設徹底顛覆。

最重要的是所有相關新聞寫的都是蘇恪在李文音的電影劇組被當場帶走問話。

李文音的電影在帝都某所國際高中拍攝，當時正在拍男主一個人留在教室、女主在後門偷看的暗戀橋段，毫無徵兆地，警察突然過來將蘇恪帶走。

事發突然，劇組當即停工，由於報警的那一方是同劇組女演員，所有工作人員也被請回去配合問話，據說女主角搞不清狀況還耍大牌不肯去，最後鬧得很難看。

一時間，伴隨蘇恪性醜聞甚囂塵上的，還有許多電影相關的話題。

當初蘇恪是在資本、人氣、演技等多方考量下，李文音親自選出來的最佳男主，她知道蘇恪是個什麼樣的人，但蘇恪是經紀公司的力捧對象，想說有什麼事應該也不會被爆。所以她在官宣男主後，還很放心地發過動態為蘇恪站街。

沒想到，巨變只在一夕之間。

問話出來後，李文音的電話就時刻處於忙線狀態。

起先她以為還有挽回的餘地，畢竟電影剛剛開拍不久，男主出事，他們可以換男主。

可女主、女二、男二像串通好似的，招呼都不打一聲，齊齊發動態表示將退出電影拍攝。

拜託，這樣誰還敢拍啊？女演員最怕和性醜聞沾上邊了！一沾就很難翻身，要說別的熱度蹭蹭也不虧，可這時他們就算是當一輩子十八線小透明也不想和李文音劇組沾上半毛錢關係了！

比這些明星更現實的是資本方，因為電影前期宣傳有一定熱度，本來李文音談好了幾個廣告置入，可這時也紛紛來電表示要取消合作。

原家那邊做得更絕，都不再親自聯繫，直接讓助理冷冰冰地通知她：一期投資他們不會追回，但後續的投資很抱歉，全部取消了。

在接到這通來自助理的電話時，李文音才算真正清醒，這世上也許並不存在真正的欣賞。

當初馮淑秀介紹原家那藥罐子給她，她看不太上，但秉著結個善緣的想法，態度也是進退得宜。

對方也不出所料地很欣賞她，頻頻約她出去看電影看畫展，和她聊古典文藝學、中西方電影歷史……

慢慢地她也對其有所改觀，覺得他是有些真才實學，也是真心欣賞藝術。

於是她使了點小手段讓這男人死心塌地認為，她拍這電影並不是對初戀還有念想，而是純粹為了拍出最有靈氣的作品，純粹為了藝術創作。

並非自誇，她很清楚自己對某一類型男人到底有多大吸引力，後來如願拿到來自原家旗下電影公司的投資，便是最好的證明。

不過她不清楚，所謂吸引和欣賞，都抵不過一則使其初期投資失敗的醜聞。

最後打來電話的是馮淑秀。

馮淑秀沒有安慰也沒有嘲諷，只簡簡單單為她指了最後一條路，「事到如今我也沒什麼可說的了，你處理好剩下的爛攤子就出國吧，不要再回來了。」

李文音閉了閉眼。

那一瞬間，她想起很多舊事。

想起小時候看見季明舒穿著漂亮小裙子和她的伯伯、伯母撒嬌。

想起念國中時班上男生私底下議論季明舒有多漂亮。

想起自己請同學們吃飯唱歌，好不容易有一次像樣的生日，轉眼大家就都在議論季明舒生日去參加了名媛舞會……

很多很多年裡，她站在離季明舒最近的地方，卻隔著這世上最遙遠的距離。

只有和岑森交往的那三個月，她才從潛意識裡真正覺得，自己和季明舒站在了同一條起跑線上。

那是她最懷念的時光。

第十七章

李文音離開了，在發佈道歉公告、宣佈電影拍攝停止後，無限期地離開了。

可就如蔣純所言，綠茶者，恆婊之。李文音離開發個停拍公告還要在最後留下一句耐人尋味的話。

——「無法將之付諸紙上，躍於屏前，是我之憾。但無論如何，那都是我最為懷念的時光。」

原本粉絲還都在可憐李文音運氣差，可她自己忽然將出書擱置和電影停拍兩件事聯繫在一起，不得不使人多想：這些該不會原本就是衝著她來的吧？而且大家越想就越覺得不對勁，哪有這麼巧的事，前腳書不能出，後腳電影又要停拍。

有心人順著她以前發過那些文章扒她初戀原型，再加上季明舒她們交際圈也不是密不透風，很快便有知情人委婉指路——李文音的初戀原型就是前段時間鬧得滿城風雨的季明舒她老公，現任君逸集團總裁，岑森。

岑森在網路上也有公開資料，但也就是年齡、學歷、從業經歷這種無關緊要的內容，沒有露過正臉。

可越是沒露過正臉大家就越好奇。

因為李文音那文裡可是把她初戀長相捧得天上有地下無，活脫脫就是個從校園言情文裡走出來的男主角。

而這校園言情文的男主角長大之後又成了女生最愛的總裁文男主角，還衝冠一怒為紅顏，為他貌美如花的老婆連發數則動態討公道。

一個男人和兩個女人寫成了兩部小說，這實在是太令人好奇了！

×

李文音這所謂的最後一則動態一發，吃瓜群眾是好奇了，季明舒卻差點被氣死了。

一夜之間，無數李文音的粉絲跑來傳私訊給她，問她是不是插足了李文音和岑森的感情，還問她良心會不會痛，問她和岑森是不是家族聯姻，和一個不愛自己的人在一起生活有什麼意思……

關鍵就是岑森還在她身邊睡得特別沉！手箍著她箍得特別緊！她想坐起來踹他一腳都動彈不得！

季明舒本來就有點起床氣，這時也根本懶得多加思考，便啪啪啪的打起了字——

【從小我就學習很多禮儀，老師們會告訴我這不能做，這也不能做。不能罵人，這是沒教養；不能和人當面起衝突，這只會顯得自己水準很低；不要在小事上斤斤計較，要做一個寬容豁達的人。

我也一直覺得，私底下的矛盾應該兩個人當面說開，而不是搬到網路上讓圍觀群眾吃瓜評理。但李小姐似乎是吃定了我不會當眾和你撕破臉皮的心理，把我一而再再而三的不計較，當成了你得寸進尺的資本。

我想請問一句，李小姐多次強調初戀已婚，自己不想打擾，卻在當事人再三表示不要歪曲事實出書拍電影的要求下，還在一意孤行販賣自己所謂的初戀情懷，李小姐自己不覺得『又當又立[2]』這四個字是為你而生量身訂製的嗎？

希望李小姐自愛自重，不要再來打擾我和我丈夫的生活，將驚世白蓮戲碼止步於此。也希望大家永遠不會在自己開開心心結婚之時，遇上一個寫〈我的前任結婚了〉，還寫上熱搜，時不時就要出書拍電影緬懷過去的極品前任。@李文音】

距離季明舒上一次發動態已經過去半個多月了，還有人在她上一則新年動態底下打卡等她營業，沒想到等著等著就等來這麼個正面硬的大瓜。

【前排瓜子可樂雪碧小板凳通通五元！】

【？發生什麼了，李文音是誰？】

【當初我在某導演那篇〈我的前任結婚了〉文章下留言說「不想打擾前任你就不該發這

2 指又當婊子又立牌坊。

篇文章」，那則留言被按了超多讚，結果某導演把它刪了還把我封鎖了，至今記得清清楚楚。】

【實不相瞞我老公的前女友也是這種極品，談戀愛的時候就三不五時在我們面前刷存在感，因為有共同的朋友我也不好多說什麼，後來我和我老公結婚，她還在我們結婚那天發動態放兩人以前的合照，說什麼回不去的從前，懷念。本孬孬不敢撕，但後來越想越氣，度蜜月都超不開心，老公知道後覺得我受委屈了，就發了一則動態：「我不想回去，別再提我了，謝謝。」本孬孬就心滿意足了。】

【樓上讓我想起了我的血淚史，幾乎是一模一樣的經歷，但同人不同命，我前夫當時沒幫我撕，我生氣他還嫌我作，後來哺乳期出軌，就是和他的極品前任。】

……

其實動態一發，季明舒心裡那口惡氣也就出得差不多了，真沒想過這則動態會引起一眾女性同胞及小部分男性同胞的強烈共鳴。

這則動態還被一位近千萬粉的高人氣情感部落客分享，並附言：「不是所有現任都有總裁夫人撕人的底氣，那麼我們也就只好希望，某些心裡沒數的前任能主動進修一下『前任的自我修養』這門課程。（微笑）」

沒一會兒，#前任的自我修養就悄然登上熱搜話題榜單，排名從三十以外一路衝進前十，季明舒每秒重整，都能看到自己後臺的粉絲蹭蹭蹭往上漲，分享按讚留言私訊也都是爆滿狀態。

分享破三萬時，岑森終於醒了。

「在看什麼。」他的聲音好像睡啞了似的，有點沙。

季明舒轉頭看了他一眼，將手機往背後藏了一下，「只……只是看看社群。」

明明之前怒氣沖沖，可動態發完後，她又莫名有點心虛。

怎麼說呢，她其實並不想讓岑森看見自己比較潑辣的一面，在社群上手撕他前任什麼的，也不知道他會不會覺得自己不端莊不大氣。

可這件事做都做完了，鬧這麼大，刪也不好刪，瞞也瞞不住。

季明舒心一橫，忽然抱住岑森湊上去好一頓親，又仰著臉軟聲撒嬌道：「我跟你講一件事，你做一下心理準備，你必須接受！」

「什麼事？」

岑森垂眸看她，聲音還算平靜，但太陽穴已經開始不受控制地突突起跳。

「事情是這樣子的，就李文音她昨晚發了動態……」

季明舒邊組織語言還邊舉起手機，為他圖文並茂繪聲繪影地展示來龍去脈，「……你看你看，她粉絲這樣罵我！說我是小三呢！那我怎麼可能不生氣對不對？而且我早上起來就有點起床氣，你也知道的，所以我也發了則動態，就這個，就這個。」

她小心翼翼地觀察著岑森的神色，又說：「其實我發完就覺得不太好，和她計較這個有什麼意義，但是發都發了……」

半晌沒等到岑森主動接話，她抱住岑森手臂邊晃邊強硬道：「反正你不准生氣也不准覺得我是個潑婦！我就是告訴一下你有這麼一件事，但是你得忘掉，你心裡的季明舒只能是個小仙女！」

「嗯，小仙女。」岑森看完動態，可有可無地應了聲，放下手機，也放了心。

季明舒試探道：「你……你對我發的動態有沒有什麼看法？」

岑森想了想，「語句通順，邏輯清晰，寫得不錯。」

「那，那你不會覺得我有點咄咄逼人嗎？」畢竟懟的也是你前女友。

岑森又想了想，「我知道有這麼一件事，但我已經忘記了，你在我心裡永遠是……小仙女。」

季明舒：「……」

這種硬著頭皮說情話的感覺為什麼特別像她在逼一個良家婦女進窯子。

她用一種「好啦看得出你已經很努力在跟上時代了」的眼神看了岑森一眼，心滿意足去了浴室。

季明舒去浴室洗漱的這時，社群上又有了新進度：君逸官方帳號沉寂多日後，再次下場按讚季明舒，態度十分鮮明，立場也十分堅定。

【不知道為什麼我從官方社群帳號這一系列的行為中看出了總裁大人強烈的求生欲。】

【妻管嚴鑑定完畢。】

其實這讚是周佳恆按的，前幾次下場也是他這總助百忙之中抽空，親自撰寫的文案。不過周佳恆的意思自然也就代表著岑森的意思，說一句「求生欲強烈」、「妻管嚴」也不算冤枉了他。

與此同時，圈子裡也議論紛紛，有些人覺得季明舒此舉有失身分，成天正事不幹在網路上和人撕逼。

但也有人覺得岑森都不介意還用集團帳號表態那關你屁事，瞎操心的不如看看家裡人為自己安排了什麼缺鼻子少眼的聯姻對象。

季如柏得知此事，又打電話給季明舒把她訓斥了一頓，訓斥內容仍舊是那些要她少拋頭露面，少在網路上說話，還有趕緊安排懷孕生子的老生常談。

季明舒「是是是」地裝了會兒孫女，給岑森遞眼神求解圍這才得以從她二伯一二三分項展開敘述的上司訓示中解脫。

好在這件事除了幾個知情的白富美部落客披露更多李文音白蓮事蹟細節，沒再生出什麼意外，也沒在網路上掀起更大的波瀾。

至於李文音，她一直都沒回應。

本來以為季明舒在歪曲事實的李文音粉絲目睹完君逸官方帳號下場，又目睹了幾個公認的白富美部落客爆料，小心臟早就變得冷冰冰。

堅持等了幾天，他們也沒等到李文音解釋，倒是某天半夜，李文音悄悄清空了社群帳號，還改了名，換了大頭貼。

——後來蔣純稱，李文音的這一舉動，標誌著驅逐李小蓮行動的階段性勝利，有著打擊白蓮教教徒使其不敢輕舉妄動的深遠影響，而季明舒同志經此一役，也成為了驅蓮師協會終生成就獎當之無愧的榮譽獲得者。

季明舒顯然並不是很想要這榮譽，這幾天粉絲超過李文音，已經是給她最大的榮譽了。

不過超過之後她的心態就變得佛了起來，她本來也沒想當明星當網紅，所以沒再發過動態，更不想再引來更多的關注。

×

這一波未平一波又起的事情終於隨著新年結束娓娓落幕。年後平城雖然不再飄雪，但氣溫還未回暖。

正月二十，岑森正式回公司上班。

岑森這次休假休了近二十天，據他所言，是他工作以來休得最長的一次。

可即便如此，季明舒也覺得他每天都在工作，只不過是把辦公地點挪到了家裡。

俗話說得好，近朱者赤，近墨者黑。和岑森確認彼此心意之後，季明舒就有點被岑森影響，總有種「他這麼有錢還這麼努力，那我也應該找點事情做才配得上他」的感覺。

似乎真正喜歡上一個人的時候，都會不自覺地想要和他走得更近，會很貪心地想要入侵他的領地，想要跟他有更多話題。

所以看到岑森密密麻麻的上半年工作計畫時，季明舒也蹭進了他的書房，一本正經地托腮表示：「我也想寫一個新年計畫，你教教我。」

岑森放在鍵盤上的手略略一頓，「哪方面的？旅遊還是，購物？」

「……」

季明舒用一種「我看起來就這麼好吃懶做不學無術嗎」的眼神直勾勾看著他。

岑森也用一種「對你看起來就是這麼好吃懶做不學無術」的眼神與她對視。

十秒過後，岑森舉了白旗，因為季明舒一直在書桌底下光著腳摩挲他的小腿。

他抽出一份文件遞給季明舒，「我記得你之前對君逸雅集的項目很感興趣，飯店今年四月就會落成，專案這邊已經物色了三十多位設計師為客房進行設計，你有興趣的話，我可以安排你參與比稿，但前提是，你的設計稿要通過專案組的不記名盲選投票。」

季明舒接過文件認真地看了好一會兒。

等看完，她忽然笑了聲，撥了撥頭髮狀似不經意地碎碎念道：「欸，這布達拉宮怎麼和我們家書房這麼像啊。」

「……」

岑森剛開始沒聽明白她的意思，等他回過味來，季明舒又已經蹭著坐到了他的腿上，吧唧一口，甜膩道：「謝謝老公。」

季明舒還一直記著岑森剛回國那時候，她想參與君逸設計師飯店專案，卻被岑森嘲諷三拜九叩跪去布達拉宮也許能感天動地的那事。大仇終於得報，她自是心情愉悅。

深夜雲收雨歇後，她懶散窩在岑森懷裡撥弄他的眼睫，還迷迷糊糊地想：臭男人就是臭男人，嘴上說是因為她設計水準有所提高才讓她參與，但身體倒很誠實，明早八點要去公司開會，凌晨三點還不睡……

沒等多想，她也累得昏昏沉沉進入了夢鄉。

新年過後君逸第一次高層例會，岑森西裝革履準時出席，會議結束後，以岑森為首的一眾高管浩浩蕩蕩下樓，到各部門的工作區域進行巡檢。

岑森和往常一樣，神情溫和中透著疏離，所到之處以他為圓心展開，半徑十公尺內都無人造次。

大家規規矩矩站著聽主管講話，可真正在聽的大概只佔三分之一，另有三分之一在想自己的工作私事，還有三分之一在看見岑森的瞬間，便下意識想起了這段時間網路上盛傳的那些八卦。

網路上都說他們總裁是妻管嚴呢，可看總裁這「你們祖上十八代每一代都欠我一百八十億」的模樣，真是想像不出他被夫人管得屁都不敢多放的時候，到底是個什麼樣子。

不過專案部的同僚們倒是有幸窺見了一絲天機——

巡查結束時，周佳恆順便留了一步，讓君逸雅集專案A組的負責人先別敲定設計師名單，說是這邊還要增加一份設計師資料，負責人問資料在哪，周佳恆說暫時還沒準備好，問名字倒是有了，季明舒。

周佳恆走後，負責人納悶地問了問專案組成員，「季明舒是誰，你們聽過嗎？」

大家集體用一種「老大你平時不上網也不看公司群組訊息嗎」的眼神看著他，過了半晌才有人為他解答：「當然聽過。」

「是總裁夫人呢。」

×

岑森這邊上著班，季明舒也認認真真寫了新年計畫，這計畫裡倒也不全是工作，裡面包含了開茶會、出去旅行、參加高訂週，還有和岑森進入情侶模式開啟約會等五花八門的內容。

蔣純看完給了她一個誠懇的建議：「我覺得你這計畫裡還少了特別重要的一環。」

「什麼？」

「備孕生小孩啊。」

蔣純說得特別理所當然，還給她叨叨起了季如柏那套。

季明舒覺得她特別怪，「你怎麼突然想起這個。」

平日三句話離不開這好吃那也好吃的，過個年就冷不防跨過賢妻直接進入了良母階段？

蔣純神祕羞澀中不乏小得意地笑了下，然後伸出小鵝爪，在她面前瘋狂搖晃。

季明舒的鑽石戒指太多了，平時隨便挑揀一隻戴著，權當好玩，都沒什麼特殊含義。蔣純不這麼明示，她還真沒反應過來。

當機三秒後她問：「你和唐之洲先上車後補票了……？」

「你在胡說八道什麼，我和唐之洲還很純潔好嗎？這是訂婚戒指！」蔣純沒好氣地拍了她一巴掌。

季明舒忍住翻白眼的衝動，「才一個訂婚戒指，訂婚儀式都沒辦你就想到生小孩了？你能不能有點出息。」

蔣純皮笑肉不笑，「實不相瞞，我沒訂婚的時候就想到生小孩了。」

「……」

季明舒也不知道自己做錯了什麼，和閨蜜出來喝個下午茶也要被灌輸一番「要和愛的人早早孕育愛的結晶」之類的想法。

如果不是蔣純沒提第二胎，她甚至都想懷疑這是季如柏把思想工作開展到她周周圍圍，打算給她來一個閨蜜包圍洗腦的終極戰略。

其實季明舒也不是不想生孩子，她只是覺得自己剛和岑森確認心意沒多長時間，都沒怎麼好好過過兩人世界，直接三步上籃未免也太虧了，她還想和岑森好好補一補學生時代沒談戀愛的遺憾呢。

可一想起岑森這麼忙，她又沮喪了。出門那時傳的訊息現在還沒回！還談戀愛！如果是在學生時代，這種男朋友早被女孩子甩了三千九百八十六個來回了！

也不知道岑森是感應到了她心底的怨念還是怎麼，沒過多久，訊息就回了過來。

岑森：【明天我要去星城出差。】

「……」

這訊息還不如不回。

岑森：【要不要跟我一起去。】

其實後面還有一句【你去的話，我可以帶你考察一下威仕特在星城開的設計師飯店。】

可沒等他發出，季明舒就回了個「好」字，後面還加個了雀躍的驚嘆號。

岑森坐在辦公桌前，半掩著唇，忽地輕笑。

×

岑森這次去星城出差不是一個人，還帶了幾個高管，再加上跟在後頭的助理，拉拉雜雜加起來有十多個。

季明舒戴著墨鏡站在岑森身邊還有點小激動，因為這是她第一次以總裁夫人的身分和他還有集團高層一起出門。

當然她面上是看不出半分激動的——全程擺著張夫妻同款撲克臉，再加上霧面絲絨質感的正紅色口紅、垂墜感極好的駝色風衣、後跟極細極高的長靴，她整個人都颯裡颯氣，渾身上下散發著分分鐘都能上談判桌的職場白骨精氣場。

星城那邊被換過血的高管不明就裡，出來迎接時還以為是岑森身邊的總助換了人做。

當然，季明舒的姿態也就繃到下榻飯店為止。

晚上到頂樓旋轉餐廳用餐時，她就特別興奮地問：「怎麼樣怎麼樣，我今天是不是特別有那種女強人的感覺？」

岑森解了顆領口鈕子，附和著「嗯」了聲，又將自己切好的牛排交換到她桌前。

季明舒托著腮還在回味那種感覺，「我現在突然覺得，當大老闆也滿好的，就那種運籌帷幄，深不可測……唔……」

她微往後仰，不滿地皺著眉，垂眼瞧著岑森塞進她嘴裡的甜點。

岑森雖然沒說話，也沒做什麼表情，但季明舒還是很有數地猜到了他的心理活動——想要吃好喝好過好這輩子的話，你最好還是放過公司。

季明舒不死心，咽完甜點還想發表些高談闊論。可岑森看準時機，先和她提起了《設計家》節目會恢復播出的事。

這事是經過季明舒同意的。

節目組那邊三天兩頭痛哭流涕道歉都是其次，她主要還是考慮到其他參與拍攝的設計師。節目到目前為止只播了兩集，也就是她那一組的錄製內容，如果後面的節目都無法播出，那對其他明星和素人設計師都很不公平。

尤其是素人設計師，節目錄製期間她就和一些設計師有過交流，很多人的設計理念都不比國外那些價格很高的優秀室設師差，但就是缺少一些嶄露頭角的機會。

有這麼一檔專題節目，不管後續收視如何，起碼是給了他們一個展示自我和讓業內人士看到他們真實水準的平臺。

再說了，她那兩集已經重新剪輯，顏月星已經銷聲匿跡，節目組也得到了慘痛的教訓，其實繼續播出，對她來說沒有任何影響。

不過岑森提起這節目，她倒是有了個想法，「對了，你什麼時候有空？我想去回訪一下之前我做改造那家的屋主。」

君逸雅集這種客房設計她沒有太多經驗，不過她之前做的家居改造設計和飯店客房設計其實有很多共通之處，她想回訪一下，看看真正居住起來，屋主會給出怎樣的回饋。

岑森看了眼手機裡的行程安排，「明天我要晚上七點才結束，後天要晚上八點。」

「晚上去回訪？這不太好吧。」

季明舒想了想，「這樣好了，我明天下午自己過去，然後你這邊結束就去接我，怎麼樣？」

岑森：「你自己可以嗎。」

季明舒：「有什麼不可以，你找人送我過去就行了，難道我在你眼裡都不會獨立行走？」

岑森沉默地切著牛排，刀叉切割的軌跡都明明白白在說：對，沒錯，你就是一只不會獨立行走的小花瓶。

季明舒沒忍住踢了他一腳，他才勉強點頭答應。

✕

次日下午，季明舒特地穿了身樸素的米色高領毛衣搭貼身牛仔褲。路過水果店時，她還讓司機停車買了個水果籃。

到社區後，她拎著水果籃循著記憶摸索到她曾待過一個多月的那間老舊學區房。

她一邊敲門，一邊還在心底表揚自己記性可真不錯。

聽著裡頭有腳步聲慢慢靠近，可遲遲沒等到來人開門，季明舒禮貌地問了句：「請問王先生和王太太在嗎？」

裡頭終於傳出一道略顯稚嫩的男聲，「我小叔叔和小阿姨都不在。」

「你……是王先生和王太太的侄子？」

「是的，你是誰？」男孩子顯然是從貓眼裡看到她長得漂亮，才跟她多講兩句話。

季明舒耐心道：「小朋友你好，我是之前幫你叔叔阿姨做過房屋改造設計的設計師，今天過來是想回訪一下，看一眼就走，你如果不敢開門的話，可以先打通電話給你叔叔阿姨。」

男孩子在屋裡猶豫了會，把裡面那扇門給打開了，但防盜鐵門還是沒開。

「你就這樣看一下吧，家裡沒有大人，我還是不幫你開門了。」

「你是哪次的設計師？我叔叔阿姨過年之前剛請人重新裝潢了一次，是那次嗎？聽說我們家以前還上過節目，我叔叔阿姨每天都念叨那節目都是坑人的騙子，搞得住都不能住，除了送的家電，都是些擺起來好看的東西。」

季明舒站在門口，透過防盜鐵門縫隙看到裡面已變得毫無設計感的客廳，腦袋懵了懵。

⤫

晚上七點，談完合作從飯店出來，岑森站在門廊，目送合作方離開。

冬末春初的星城，路旁枝椏光禿禿的，還未有發芽跡象。入夜晚風濕冷，岑森略往後偏，問：「還是沒人接？」

周佳恆垂眼答：「沒人接，但電話是通的。司機說夫人到那裡之後，就讓他先回去了。」

黑色轎車緩緩駛上門廊，岑森沒再多問什麼，只任由周佳恆為他拉開車門。

到季明舒回訪的社區時，附近小學早已安靜休歇，但廣場舞天團正迎來每日一次偶爾加碼的精彩時刻。

社區外就有四支隊伍，舞種和歌曲都很不同，加上附近拉二胡唱戲的大爺，晚間文藝匯演成功做到了橫跨中外古今。

跳就跳沒關係，重點是他們還把社區大門擋住了，警衛室保全也不知道在哪瀟灑，邁巴赫停在非常尷尬的地方，前不得前，退不得退。

岑森示意司機停車，自己下車往裡面走。

可走路也不甚順暢，短短兩百公尺距離，他就被三個阿姨攔住詢問婚姻狀況，還大有將自己的閨女侄女推銷上門的意思。

等他擺脫阿姨走進社區，時間已近八點。

老舊社區裡路燈也不捨得多開半盞，只各戶人家的窗子透出幾分光亮。

有人在看電視，時而撕心裂肺時而歡聲笑語；有人這個時間才做飯，炒菜聲混著油煙往外飄。有人在教小孩寫作業，隔了十丈遠距離都能感受到孩子爸媽恨鐵不成鋼的暴躁與憤怒。

這樣的環境，給了岑森一種久違的熟悉感。

——我叔叔阿姨每天都在家裡念叨那節目都是坑人的騙子，搞得住都不能住，除了送的家電，都是些擺起來好看的東西。

——季小姐，實在是不好意思啊。我知道，你們設計師有設計師的想法，也都是在盡力滿足我們之前提出的那些要求，但我們沒想到搞出來是這個樣子呀。

——過日子是過日子，你看這裡連個放冬天大棉被的櫃子都沒有，要怎麼住？你們弄來那個燈是滿好看的，但是那個燈一放就是半坪，我們這間房子總共才多大呀，它放在那裡亮也不是很亮，很礙事呀。

季明舒坐在花壇邊的石凳上，雙手環抱著膝蓋，一直處於怔怔出神的狀態。

下午她隔著那扇防盜鐵門看到面目全非的改造房屋後，剛好遇上業主王先生夫婦下班回家。

他們兩人見到她也滿不好意思的，但那不好意思在帶她參觀了一圈房屋後，又變成了理直氣壯的埋怨。這不好那不好，簡直就沒有一處稱心如意。

季明舒留下水果籃，勉強維持禮貌離開，渾身就像洩了力似的，什麼也不想做，什麼也不想說，就一直坐在樓下發呆。

她的品味從小被誇到大，上大學和諸多名媛一樣選修設計，別人都挑珠寶設計服裝設計，她為了彰顯自己的與眾不同，就選了個空間設計。

好在她學得不錯，老師常常誇她有靈氣有想法。

和岑森結婚後，她沒有工作，但她只是不想工作，從來不覺得自己的工作能力有問題。之前離家出走，她想向岑森證明自己不是離開他就什麼都做不了，就如願所償幫克里斯．周做了秀場設計，風風光光地名利雙收了一把。所以她時至今日也是篤定地認為，她季明舒只要想做好，那就一定能夠做好。

——當然，她的篤定也只到今天下午六點為止。

✕

「冷嗎。」岑森顯然在安慰這門學科上成績平平，開場白既不溫暖也不柔情。

季明舒抬眼，慢吞吞道：「不冷你就不打算把外套給我穿是嗎。」

「冷也不打算。」

……？

季明舒以為自己聽錯了，這臭男人在說什麼鬼話？

「你要感冒早就感冒了，不在這一時半會。」

季明舒：「……」

特別奇怪，她明明很想罵人，但內心就是莫名認同岑森這些翻臉無情的資本主義實用論。所以岑森朝她伸手時，她也就像中了蠱似的，傻傻牽了上去，還乖乖從石凳上站了起來。

岑森沒想到她會這麼乖，見她垂著眼不開心的樣子，來時路上預設的一些勸解思路，不知怎地，忽然煙消雲散。

「回訪結果和你想像的不一樣？」他脫下外套裹在季明舒身上，又揉了揉她腦袋。

季明舒本來順著他冷漠無情的思路走，已經沒那麼委屈了，可他莫名其妙溫柔起來，醞釀了大半個晚上的委屈又翻了倍地往外湧，傾訴欲也瞬間達到了頂峰。

「哪是不一樣，簡直是太不一樣了！」

季明舒絮絮叨叨絮絮叨叨，越說越難受，「……我們最後不是還要幫業主準備一份禮物嗎，他們資料上說會彈鋼琴，之前家裡還有琴房，所以我們準備的禮物是一臺新鋼琴。」

「鋼琴很貴的，那時候剩下的費用不夠，我們就只好配合節目組設定的劇本去商場當銷售，我當時還走壞了一雙高跟鞋呢，可是他們竟然把鋼琴賣了！」

「最重要的就是他們說我的設計只是擺起來好看，一點都不實用，你都沒看到他們當時的表情有多嫌棄。你說……你說，我的設計是不是真的很不好？」

季明舒太難過了，聲音也開始哽咽。

她淚眼婆娑地望著岑森，望了會兒，又忽然揪著他的襯衫釦子，挑他的不是。

「你太壞了，說好七點結束來接我，八點才到。」

「連蔣純他們家唐之洲都會親親抱抱舉高高，你連外套都不給我穿，存心要讓我感冒生病。」

「你一點也不喜歡我，你就是個騙子！」

說騙子的時候，季明舒的聲音已經明顯帶著哭腔，她抱住岑森，往他襯衫上用力地鼻涕眼淚一把蹭。

胸膛間忽地浸濕一片溫熱，岑森半句辯駁的話都說不出，只能輕輕拍著她的肩，再揉揉她腦袋。

那一剎那，岑森忽然發現自己走進了一個盲點。

員工受挫他的確可以毫不留情朝人扔文件，讓人回去好好反省這點小事都扛不過去還能幹些什麼。

因為他是老闆，需要給人一種能夠使其信服的威嚴感。

但季明舒不是他的員工，而是他的妻子。

他的妻子很缺乏安全感，也很依賴他，每每他表現出一點點關心，她就能獲得很多很多的安慰。

「不哭了，回去幫你做排骨好嗎。」他的聲音低低啞啞。

「你是人嗎你，現……現在還想著排骨！」季明舒一抽一抽的，說話斷續。

岑森稍頓，沉吟片刻解釋，「我不是那個意思，你想吃什麼，我都可以做。」

季明舒悶悶地靠在他胸膛上，沒接話。

岑森也沒再多說，等季明舒抽泣聲緩下來，他輕輕抬著她臉，略顯粗糙的指腹盡量溫柔地，一點一點拭去她臉上眼淚。還親了親她微紅的眼睛。

「明舒，我喜歡你，沒有騙你。」

昏昧夜色裡，季明舒從他清淨的眼瞳中看見了自己的身影，還聽見了心動的聲音。

✕

回到飯店後，岑森下廚做菜。

除了固定菜色紅燒小排骨，岑森還做了沸騰魚片，滑嫩的黑魚魚片醃製後下鍋，白嫩嫩地堆滿一碗，最後再潑上小鍋熱油，蔥、薑、蒜、花椒等香料混合著魚香瞬間撲鼻。

季明舒眼睛還像小兔子似的紅紅的，但是坐在餐桌前就不由自主地吞咽了幾下。

平時她晚上不怎麼吃東西，但傷心難過也很耗精力，人間不值得，岑森這臭男人也不值得，但是小排骨和沸騰魚值得。

吃完後季明舒好像就恢復了精氣神，還抱著岑森手臂，靠在他肩上，自顧自反省總結碎碎念。

「其實確實也是我沒有考慮周到，你之前就告訴過我，我的方案有點不實用。」

「但當時方案已經不好改了，所以我只改了幾個地方，說到底主要還是我的問題。」

「想想如果是我自己住的話，本來心裡很期待，結果別人幫我弄出一個和我想像中完全不一樣的東西，那是滿生氣的。」

「不過這種自住式的設計和飯店客房設計區別還是很大，你們君逸的飯店定位都比較高級，主要還是以舒適和設計新奇感為主。我不能吃了這次的虧，出給你們的設計圖都特別家居日常對不對，住設計師飯店根本也用不到那麼多收納。」

「我還是得跟你一起去考察考察設計師飯店才是正經事。」

這天晚上季明舒說了很多，岑森也給了她一些建議。最後季明舒睏了，竟然就靠在他肩上睡著了。

岑森將她打橫抱起，放到床上蓋好被子。

熄燈後，岑森輕輕地在她額頭上落下一吻。

想起她一把鼻涕一把淚朝他控訴蔣純家的唐之洲都會親親抱抱舉高高，他心底忽動，在她耳邊很低很低地呢喃了句：「寶寶，晚安。」

說完他想起身從另一側上床，可季明舒忽然摟住他脖子，帶著點睡意朦朧的嬌憨，又帶著點抓到小把柄的得意，「我聽到了我聽到了！你再說一次，快點，叫我寶寶！」

岑森顯然不是隨時隨地都能開啟肉麻模式的男人，至少目前還很難在季明舒清醒的狀態下開啟。

他蜻蜓點水般在她唇上吻了下，又說了聲晚安，就打算上床睡覺。

可季明舒不好糊弄，摟著他脖子不肯鬆，秀氣的鼻子也皺巴巴的，非要聽他再喊一聲。

岑森眸色變得幽深，目光從她披散的捲髮一路往秀致的鎖骨流連。

很快，他又傾身落下溫熱的吻，這吻比起之前，顯得特別有侵略感。

季明舒反應過來的時候已經晚了，瞪著他嗚嗚了兩聲，手腳並用地掙扎，可最後還是不爭氣地放棄了抵抗。模模糊糊間她好像聽見了那麼一聲親暱低啞的「寶寶」，可當下她腦袋一片空白，也沒辦法確定是不是幻聽。但她很確定自己嗚咽地喊了好多聲「老公」。

次日清晨，陽光從明淨的落地窗外灑進一片溫暖金色。

季明舒身上痠疼，起床也像沒骨頭似的，整個人都巴在岑森身上。就連刷牙也是靠在他懷裡，眼睛半瞇，哼哼唧唧撒嬌。

「牙刷，拿著。」岑森將擠好牙膏的牙刷放到她手邊。

她不接，「沒力氣，都怪你，我手都抬不起來了。」

岑森：「……」

季明舒：「不然你幫我刷。」

岑森垂眸看她，「自己刷，我快遲到了。」

「那我不刷了。」很明顯在耍無賴。

岑森默了幾秒，妥協道：「張嘴。」

她沒繃住，露出一個得逞的笑容，不過很快又斂了下去，乖乖張嘴，就像一隻漂亮慵懶的小布偶貓，正窩在主人懷裡等著順毛，還時不時伸出小爪子和主人互動。

岑森這主人也是拿出了百般耐心，刷牙洗臉梳頭髮，一步一步伺候得特別到位。

其實最開始他的動作生澀又不自在，但從鏡子裡看到季明舒偷笑，他歇下去的耐心又慢慢燃起，對這些瑣碎平常的親暱也多了些興趣。

⌘

季明舒和岑森在房裡黏黏糊糊你儂我儂的時候，平城隨同過來的高管們早在房外的

VIP休息廳等待。

上午，岑森要和這些集團高管去星城的君逸水雲間視察，因為後續會有一個規格很高的旅遊高峰論壇在水雲間飯店舉行，君逸這邊得確保場地沒有任何問題。

離約定時間還餘一分鐘，套房方向的門終於推開，大家齊齊起身整理著裝，打算在半條走廊外向岑森行注目禮。

可一分鐘過去了，這注目禮全都行給了空氣，門口不見人影，女人的嬌嗔聲倒是很清晰地落入了眾人耳中。

「親親，不親不讓你走！」

……

「嗯，那再親一下！」

……

「不行我好睏，我都沒睡幾個小時，都怪你！等我睡醒了再畫。」

……

年紀大點的高管什麼場面沒見過，都一副老神在在的老僧入定模樣。年輕點的臉皮薄，不敢看不敢聽，只能時不時整理袖口，時不時整理衣襟，氣氛一度十分尷尬。

季明舒並不知道外頭有人在等，手忙腳亂地幫岑森繫好領帶，又去幫他開門。見還有一分鐘，便半掛在他身上撒嬌，要早安吻。

如願以償後，她把岑森往外推。還抱著門探出半個腦袋，朝他揮手拜拜。

不探還好，這一探，季明舒渾身都僵硬了，某種無法言喻的尷尬從腳底一路竄上了天靈蓋。

季明舒：「……」

岑森：「……」

眾高層：「……」

周佳恆不知道是昨晚沒睡好還是怎麼，一大早腦子像被漿糊糊住了似的。

從房門打開聽到聲音那時候開始，他就呆若木雞杵在那裡，沒有想出任何補救措施。

這時看見季明舒路露出半個腦袋，他腦子一抽，竟然還站在最前面對她鞠了一躬，「夫人早上好。」

眾高管不明就裡，立馬跟著鞠了一躬，招呼道：「夫人早上好！」

那招呼聲有老有少參差不齊，活像一群被強行降智的草臺班子。

可回應他們的只有房門重重關合那一聲：「砰——！」

×

蔣純：【季氏舒舒你太好笑了哈哈哈哈笑死哈哈哈哈嗝！】

季明舒：【……】

季明舒：【死透了沒？要不要我幫你加一瓶殺蟲劑？】

谷開陽：【哈哈哈哈你怎麼不說一聲「同志們辛苦了」哈哈哈哈哈哈！】

季明舒：【……】

季明舒：【希望你的話像你的錢一樣少一點。】

季明舒：【封鎖了以後有事漂流瓶聯繫.jpg】

季明舒萬萬沒想到，她在群組裡吐槽了好一會兒「周佳恆這豬腦子怎麼混上總助的」、「他們一整個集團的高管腦子都不太正常」、「岑森這臭男人竟然不告訴我外面有人他一定是故意想看我出糗」之後，不僅沒有得到預期的安慰和一致對外的吐槽，反而還被這兩朵塑膠姐妹花瘋狂嘲笑了一番。

她感覺自己幼小的雀心再次受到了九百九十九點傷害，於是非常玻璃心地發了一則動態：【人間不值得。】

岑森竟然很快在下面留言回覆道：【但小排骨值得。】

「……」

他到底要不要工作？

為什麼這麼閒？？？

封鎖了。

×

這一大早發生的事情實在是過分尷尬，季明舒只要一想起那個畫面就感覺自己心跳頓停呼吸停止，自然也沒什麼心情繼續睡覺。

她在電腦前畫了會兒草圖，沒靈感，又往後一癱繼續滑手機。

她這時滑手機才發現，安寧也在她那則動態下留了言，和其他妖魔鬼怪的畫風相比，安寧留的那句「姐姐怎麼了」就顯得特別純真懵懂。

她在好友名單裡找到安寧，跟她解釋一下自己只是開個玩笑，沒出什麼事。

其實到了星城，季明舒以為岑森會帶她去看陳碧青和安寧，但岑森一直沒有任何表示。好像那次去安家吃飯就是單純吃個飯，他並沒有想在多年之後和從前那個家闔家團圓的意思。

季明舒和安寧隨便聊了幾句。

安寧無意間提到她們學校最近要辦運動會，她也就順著話頭問了句「你有沒有參加什麼項目」。

安寧：【沒有，我有先天性心臟病，不能參加。】

季明舒：【先天性心臟病？】

安寧：【嗯。】

安寧：【其實當初也是因為要幫我籌錢治病，爸爸媽媽才同意把岑森哥哥還給岑家的，岑森哥哥好像是因為這件事，一直不肯原諒爸爸媽媽。】

季明舒對當初的事情沒有太多瞭解，以為是岑家特別強勢，安家留不住，被迫同意了交換。

那現在看來，這交換並不是被迫，而是他們為救親生女兒，放棄了非親生的兒子。

她好像忽然明白，岑森為什麼對此一直耿耿於懷了。

安寧傳完這句，好像覺得不是很恰當，又小心翼翼地轉移了話題。

季明舒也覺得自己不適合跟安寧聊這個話題，所以只順著她的病情關心了幾句。

想起她們住的那間房子，她又問：【岑楊不是回來了嗎？你們住在舊社區也不方便，怎麼不和他一起搬來平城呢。】

安寧過了很久才回一句：【我和岑楊哥哥不太熟。】

季明舒想起岑楊說過的話，一時有些不確信：【他沒有問你們要不要搬到平城去住嗎？】

安寧猶豫半晌，回答得小心翼翼：【問了，但那應該只是客套吧……我們很少講話。】

季明舒懂了，也就沒再追問。

她和岑楊也很久沒有聯繫了，尤其是過年那時候他截胡了岑森的專案投資之後。

其實她也隱隱約約明白，岑楊大概並沒有在她面前表現的那麼灑脫，但她也不願意對岑楊多加什麼惡意的揣測。

反正商業競爭什麼的，還是交給他們男人自己進行真正的決鬥比較好。

季明舒振作精神，又坐起來畫了會兒圖。

別看岑森這人經常是一本正經冷漠臉，但其實骨子裡還有點當人生導師的天分。昨晚他給的那些設計建議，她覺得都很有道理，是可以在蹲馬桶的時候認真思考的那種。

岑森說，她在學校學的就是高級設計，以往接觸過的項目也都是以追求設計美感為主的藝術型創作。

術業有專攻，其實她沒必要因為自己不擅長而造成的失敗耿耿於懷，只要能從這一次的失敗裡，汲取到一點和生活溫度有關的創作靈感就已經足夠了。

不知想到什麼，她又從旁邊拿了疊白紙，手動記下了剛剛一閃而過的靈光。

季明舒在飯店忙碌畫圖的時候，岑森也已從水雲間離開，馬不停蹄趕往臨市參加一個行業會議。

會議持續到下午五點半，結束後還有一場應酬。

岑森要回星城，八點便準時離開，沒有參與轉場活動。

在上高速公路之前，路面忽然傳來一些奇怪的震感。

司機覺得不對，請示過後便減速停車，靠在寬闊路邊，開了雙閃。

司機：「這有點像地震啊，不過應該不是我們這裡，等一下就過去了。」

周佳恆收到即時消息，眉眼低垂匯報道：「星城發生了五．八級地震。」

岑森聽了，一言不發，直接打電話給季明舒。

季明舒的電話通是通了，但沒人接。

他又示意周佳恆聯繫飯店工作人員，飯店工作人員說，季明舒下午出去了一趟，好像一直沒回去。

司機察覺不對，打哈哈隨口說了句：「五．八級地震那不是很嚴重啊，岑總你別擔心。」

「不是你妻子，你當然不擔心。」

他的金絲邊眼鏡反光，看不清眼底情緒，但他扯了扯領口領帶，語氣是從未有過的，帶點莫名躁意。

岑森這話一出，車上氣氛陡然凝肅。

司機好像在這會才終於意識到，這位是帝都來的集團總裁，不是他平日慣常接送、愛和員工話家常的老上司。

他識趣地閉了嘴。周佳恆也沒敢開口勸慰，只不停打電話和星城那邊的人保持聯繫。

就在這時，更為突然的消息傳來了：由於承雙路段出現山崩和路基垮塌現象，星雙高速即刻全線關閉。

——他們回星城要上的高速公路，正是星雙高速。

星城那邊情況更是不容樂觀，最新傳來的消息是部分道路已經禁止車輛通行，這也就意味著派人出去找季明舒非常困難。

岑森也不知道在想什麼，聽周佳恆匯報完，他徑直下車，打了通電話給江徹。

星城是江徹的主場，找人這事他出面顯然更為方便。

電話只響兩聲便被接通。

岑森開門見山，「我在承雙回星城的路上，星雙高速被封了，你幫我安排一下，我要立刻回去。」

他的聲音像是灌進了夜風，沉冷，卻也俐落。

江徹自然也第一時間知道了星城地震的消息，只不過他這時正在機場等待轉機，只漫不經心輕笑了聲，「怎麼，你趕著回星城關心我？我今天又不在。」

岑森：「別廢話。」

江徹本來還想調侃兩句，忽而想起什麼，他稍頓，「你不會把季明舒留在星城，還聯絡不上了吧？」

他知道岑森來星城出差，還依稀記得岑森說過，季明舒這次也跟了過來。

電話那頭的安靜似乎是在印證他的猜測，他一瞬收起懶散模樣，沉吟片刻，冷靜安排道：「星城地震，周邊那些衛星城肯定會有救援，把位置傳給我，我想辦法找人帶你回去。季明舒有可能去哪也傳給我一下，我幫你找。」他頓了下，「星師大公寓那邊，你也不用擔心。」

短暫沉默後，岑森只說了兩個字：「謝了。」

「別廢話。」

岑森和江徹有著十幾二十年的老交情。

江徹從小含著金湯匙出生，不需要迎合旁人，所以性格不甚圓滑，一直也只做自己喜歡做的事。

岑森相對而言經歷較多，心智成熟得比較早，性格素來是沉穩冷靜，待人接物也周到妥貼。

所以這些年裡，岑森向來是更能掌控全域的那一個。平日幾個玩伴捅了婁子不敢找家裡，基本上都會找他幫忙收拾爛攤子。

江徹和陳星宇創立的江星科技剛起步那時候，競爭對手特別多，再加上他們兩人年輕經驗不足，幾次被對手搞到資金周轉困難，而且江家那時候不怎麼支援江徹自己創業，背後便只有岑森在注資扶持。

現在這種岑森拜託江徹幫忙的局面，好像還是第一次出現。

說實話，岑森很不喜歡這種感覺，可能是幼時那段被人安排被人抉擇的經歷為他留下了深重的心理陰影，這些年來，他已經習慣於站在主導者的位置，將所有事情都掌控在自己手中。

夜風疏冷，他回身，單手握著門把，手背靜脈血管都被握得凸了出來。可下一秒他又忽地鬆開，只輕扣車窗，和司機要了根菸。

司機忙將菸往外遞，還熱絡地擋著，幫他點火。

他倚在車外，目光沉靜地望向星城的方向，指尖明滅著漏出絲絲縷縷的煙霧，一路飄遠。

岑森是在當夜凌晨一點到達星城的，網路上與星城地震相關的消息已經鋪天蓋地，想不知道都難。

震感最為強烈的主震在晚上八點十五分，持續了近十七秒，到凌晨十二點間還陸陸續續餘震數次。

震央位置是星城郊區的楓陽縣，離星城主城區很近，人員傷亡和經濟損失的相關數據還在統計中，從已經對外公佈的消息來看，不算特別嚴重。

可對岑森來說，事情很嚴重，因為始終聯繫不上季明舒。

季明舒的手機在很長一段時間裡都可以撥通，只不過沒人接聽。但十二點多再撥過去，就只剩機器女聲通知：您所撥打的電話已關機。

飯店監視器畫面也早就調了，根據工作人員所回憶的時間段查找，可以看到她下午的確是出去了一趟。

可她出去之後就一直都沒回來，飯店房間沒人，沒有準確時間段也很難查監視畫面。

當岑森在深夜一點半到達下榻的君逸華章時，江徹那邊終於傳來了準確消息：

季明舒下午出門是去打卡了網紅咖啡館，從咖啡館出來她好像就……徑直回了飯店，而且她今天下午接的最後一通電話定位，也是在飯店。

岑森站在飯店大廳，看了眼江徹那邊給的最後定位，忽然明白了什麼。

✕

其實上回來星城，季明舒就心心念念想去打卡某家網紅咖啡館，可因為急著回帝都和李文音正面硬碰硬，最後也沒去成。

這回去是去成了，但這咖啡館和她想像中的差得太多，裝修風格、網紅甜品還有老闆挑選咖啡豆的品味，她都很不喜歡。喝了半杯她便起身，連照片都沒拍。

也不知道怎的，她逛街也沒什麼興致，從咖啡館出來便徑直回了飯店，吃了兩片維他命就躺進被窩睡覺覺。

對季明舒來說，這一天稀鬆平常，平靜得都有點乏善可陳。

所以她被吻得喘不過氣迷迷糊糊醒來時，整個人都有點暈。

「你幹什麼你，大晚上還讓不讓人睡。」

她推了把岑森的臉，還不忘拉了拉被子，聲音軟糯又嬌氣，還有點迷糊。

可回應她的只有加深又加深的親吻，力道很大，她連嗚咽聲都沒辦法發出。

被這麼一弄，季明舒算是徹底清醒了。

岑森真的很不對勁，澡都沒洗就這麼急，還一直在她耳邊親暱地叫她「寶寶」。

他這是喝了假酒吧。

可怎麼沒酒味呢？

假酒可能就是沒有酒味吧……？

季明舒邊胡思亂想邊摟著岑森，就像一條被按在砧板上的鹹魚，任由岑森左邊翻翻右邊翻翻。

一切結束後，季明舒被岑森抱在懷裡，抱得很緊很緊，還一直問她有沒有哪裡不舒服，一直親她，比平日態度要親暱很多。

季明舒懷疑地看了眼岑森，指尖捏著被子邊邊，小心翼翼地問：「被附身了你就眨眨眼？」

岑森：「……」

可能是為了證明自己沒被附身，他將近半分鐘都只是安靜地盯著季明舒，季明舒都忍不住眨眼了他還沒眨。

季明舒緩了口氣，又忍不住小小聲問：「你到底怎麼了，感覺你今天特別不正常。」

「沒事。」他沒多說，只忽然起身，將她打橫抱進浴室洗澡。

沒有人能夠理解他在這五六個小時裡的心路歷程。

儘管所有人都在告訴他震級不高，應該不會出事，他也無法去說服自己季明舒沒可能成為「應該」之外的例外。

其實這些年他已經很熟悉如何掌控自己的情緒，可今晚他意外地掌控不了，大起大落中伴隨著時間一分一秒逝去卻毫無進展自己也無能為力的煎熬，就好像寸寸凌遲，每一刀都是剝皮見骨。

在見到季明舒的那一刻，似乎只有佔有才能證明，他心愛的人是真真實實地還在他的懷裡。

✕

察覺出岑森今晚異常沉默，季明舒也沒多問。

等洗完澡回到主臥玩手機，她才發現自己手機沒電了。

當然——

她並不知道自己手機是被幾個小時裡從未停歇的電話打到沒電的。

充到電後，她的手機差點被四面八方湧進來的訊息震到卡殼。

「……？」

「地震？」

季明舒有點反應不過來。

「什麼時候的事，我怎麼都沒半點感覺？」

說完她好像又有種，睡夢中整個世界確實搖晃過那麼一會兒的感覺。可這也不對啊，五．八級地震的震感應該很強烈了吧，她怎麼會睡得這麼死。

她撈起床邊的維他命看了眼。

「……」

竟然不是維他命，是岑森的安眠藥。

她吃錯了？！

這波消息的衝擊太強，季明舒大概消化了四五分鐘才恍然大悟，「你該不會以為我出事了吧？」

岑森沒說話，關掉了床頭燈。

他這時已經回到了人間，行為舉止也開始變得正常。

可季明舒在經歷了從魔幻到震驚到恍然大悟的情緒變化後，心底還多了些小小驚喜，像是一小簇一小簇的煙火在心底砰砰炸開。

她不依不饒湊上去，用手機螢幕的亮光照他，眼睛亮晶晶的，「你就是以為我出事了對不對，是不是非常擔心我？哦我知道了，你這就叫關心則亂，我在星城又不認識幾個人還能去哪裡，你就不會叫人到房間來看看？」

「看了。」

可來房間查看的工作人員入職不久，連他們住的這間套房總共有幾間房都分不清楚，將次臥認成了主臥，有三間臥室都沒查看到位。

而且人家在房間裡邊找邊喊她的名字，根本就沒得到回應，正常人哪裡想得到，總裁夫人誤吃安眠藥睡太死了呢？

季明舒趴在床上捧臉看著岑森，忍不住笑，「喔，你承認了。」

岑森沒回答，只將她手機放回床頭，又閉眼道：「睡覺。」

「下午睡太多，現在睡不著了。」季明舒不依不饒撒嬌。

岑森：「那我睡了。」

季明舒伸手撐開他的眼皮，「不准睡！」

岑森：「我真的睏了。」

季明舒：「剛剛怎麼沒看到你睏，你剛剛不是挺厲害嗎你，這麼快就睏了你是七老八十了嗎體力這麼差。」

「你是女孩子，說話矜持點。」

季明舒小嘴叭叭地越說越起勁，還很不矜持地湊上去問：「別睡了別睡了，快點起來跟我講講怎麼地震的，順便再發表一下你的感言，你是不是非常怕失去我，是不是聯絡不上我就覺得整個世界一下都失去了色彩，是不是覺得如果我死了就想要讓整個世界跟我陪葬想顛覆整個世界擺正我的倒影？？？」

岑森用一種「你真的很看得起自己」的眼神看了她一眼，再次閉眼。

不知道為什麼，季明舒就是覺得岑森這種面無表情裝睡的樣子特別可愛。

她盯著偷笑了會兒，又忍住，雲淡風輕道：「好吧，你悶騷，不說也可以，那你再叫我一聲寶寶我就饒了你。」

她這時反正睡不著，小腿在空中亂晃，嘴裡哼著不成調的歌，還時不時拔他睫毛，時不時又去搔他癢癢。

岑森不堪其擾，無可奈何地翻回來抱住她，又將她腦袋壓在自己頸窩裡，聲音低低沉沉地喊了聲：「寶寶。」

逼著岑森喊了這聲寶寶，季明舒總算心滿意足。她乖乖巧巧蹭在岑森懷裡沒再作亂，只不過上揚的唇角怎麼也拉不平。

這夜星城沒再發生餘震，兩人安安穩穩睡了一覺。次日一早，岑森和平城總部還有星城這邊的飯店負責人們開了個三方視訊會議，就近瞭解各飯店應對地震所做出的措施。

君逸旗下飯店都是走高級路線，建樓之初防震標準就訂得很高。

飯店方也有所準備，每季都會安排消防地震等培訓演習，員工們面對突發狀況早已是訓練有素。

昨夜地震過後，飯店的牆體自查、顧客疏導安撫等工作就在第一時間有條不紊展開。

瞭解到星城這邊沒有特殊情況需要處理，岑森也就沒有再在這邊多待。

南橋西巷那邊早就擔心到不行，一直催著他和季明舒趕緊回去，他調整好工作安排，下午便帶著季明舒踏上了返程。

✕

返程路上，季明舒後知後覺想起，她應該傳訊息給昨天關心她的人報個平安。

可訊息太多了，她這一報就報了半個多小時。

見她半天不抬頭，岑森隨意瞥了眼。好巧不巧，他這隨意一瞥剛好瞥見了個眼熟的備註：李澈。

李澈：【季小姐，看你前兩天發動態好像是在星城，星城地震了，你還好嗎？】

季明舒：【還好，多謝關心。（可愛小黃臉）】

岑森：「你和他很熟？」

「不熟。」季明舒頭都沒抬。

「不熟的話，我覺得回第一個表情會比較適合。」

季明舒後知後覺看了眼第一個表情，「……微笑？適合？」這古董恐怕對適合有什麼誤解。

她忍不住抬眼問了句：「你不知道微笑是什麼意思？」

岑森眼神平靜，彷彿在說「微笑不就是微笑的意思，還能有什麼意思」。

季明舒稍頓，「你平時談工作應該不用通訊軟體吧？」

「用不到，我基本上只和你傳訊息。」

「那就好。」她放下心，又低頭繼續回覆。

岑森按了按領帶結，邊看平板邊用餘光瞥她螢幕。

就這一小會功夫，她和李澈你來我往又聊了好幾句。

岑森忽然提醒：「明舒，你已經結婚了，應該和這些男明星保持距離，不要給人留有遐想空間，以免造成什麼不必要的誤會。」

「……」

這能有什麼遐想空間造成什麼誤會，人家看到地震的新聞關心一下這不是人之常情？

她忽然想到什麼，饒有興致地湊近問了句：「你是不是吃醋呀你？」

岑森神色淡淡，「我只是好心提醒你，免得你又上熱搜，被人網路暴力。」

「哦，這樣啊……」

季明舒故意拖長尾音，還緩慢地點了點頭。

就在這時，李澈傳來了新訊息。季明舒眼疾手快蓋上螢幕刻意側到一邊，不讓岑森有瞥見的機會。緊接著她又故意舉起手機不停打字，還笑咪咪的。

岑森盯著她看了會，最後還是沒忍住上當，面無表情從她手裡抽走了手機。

李澈傳來的訊息是：【這樣我就放心了，你回家之後可以好好休息休息。】

季明舒並沒有回覆，打出來的字還停留在輸入框裡——

【你！就！是！吃！醋！了！】

岑森：「……」

季明舒得意地歪著腦袋，給他比了個勝利的「耶」。

可她得意了不足十秒，就見岑森平靜垂眸，刪掉這行，重新鍵入了一句——

【謝謝你對我妻子的關心，我會好好照顧她的。】

傳送。

「你幹嘛呀你，人家隨便關心一下而已你莫名其妙傳這個給人，人家會以為我們倆都是神經病吧？」

季明舒萬萬沒想到他還會來這麼一齣，懵了三秒後忙搶過手機收回訊息。

岑森滿臉都是不以為意的平靜，顯然根本就不在乎李澈會怎樣以為。

✕

季明舒收回得有點晚，李澈一直停在聊天介面等她回覆。

驟然看到岑森傳來的消息，李澈莫名有些心虛，因為他以前的確是對季明舒有那麼點意思，但聽說季明舒已婚之後，他早就打消了追求的念頭。

現在他還有意識地和季明舒保持聯繫，無非是想著如果能交個朋友，以後還有可能從她這邊獲得一些資源。

沒想到這回弄巧成拙，引來了她老公的警告。但這則警告很快又被收回了，他一時躊躇，不知道該不該當什麼都沒看見。

✕

季明舒顯然不會知道李澈自己為自己加的心理戲，她反正覺得收回訊息就萬事大吉了，這時只顧著針對「和異性保持距離」這項問題和岑森展開深入探討。

季明舒也沒想到，這項探討工作能一直持續到回平城後的很長一段時間。

因為岑森在這問題上特別堅持，佔有欲已經強到了一種略顯變態的地步。

他嘴上說著不阻止她和異性聯繫，只要保持安全距離即可，但實際上恨不得她把通訊軟體裡所有性別為男的聯絡人全部刪除。

而且他還很雙標，自己還有好幾個女助理呢，可到他那裡就變成了單純的工作關係。

季明舒非常不滿，可她和岑森鬥嘴就沒贏過。

好在她還有谷開陽這麼一個新時代獨立女性標杆人物般的好閨蜜，屢鬥屢敗過後，她忽然想起拿谷開陽常常掛在嘴邊的那些「夫妻平等」、「不論結婚與否每個人都應該有自己的私人空間」之類的理論和岑森據理力爭，偶爾竟然能扳回一成。

除了和岑森日（打）常（情）鬥（罵）嘴（俏），回平城後，季明舒的重點工作都落在了君逸雅集的客房設計稿上。

為了做出滿意的設計方案，她半個月都沒出門，天天悶在家裡。

而且她還挺有公平競爭的意識，雖然有點想看其他人給君逸雅集做的客房設計方案，但又覺得自己提前看了的話會有種作弊取勝的心虛感。

幾經掙扎，她還是沒向岑森開這個口，只默默收集了這些設計師公開的設計作品揣摩研究。

越揣摩越研究她就越覺得，這世上有靈氣有想法的人真的很多，她季明舒並沒有那麼獨一無二不可取代。

不過在她瞭解到競爭對手們有多麼出類拔萃的同時，她也對這次的飯店設計產生了前所未有的興趣和熱情。

蔣純沒見過季明舒認真工作的樣子，還一直以為季明舒搞的那些設計就是在紙上畫畫素描，再指揮人按自己的想法裝修擺設就算是大功告成。

所以這回季明舒半個月都不肯出門，她一直懷疑季明舒是偷偷背著自己在搞什麼大事。最可疑的就是，谷開陽最近也不肯出門，她白天瘋狂上班，晚上想約人出來也是百般推脫。

蔣純胡思亂想，再加上大姨媽來了，越想就越傷感。

半個月後，她鄭重發佈了一則小土鵝即將退出群組的通知到群組裡，通知書裡雖然不小心夾雜了幾個錯別字，但也稱得上是真情實感字字泣血了。

她最後以「你們如果不想跟我玩了可以直說，我會主動退群組的」為結語，還附上了一個心碎的表情，然後默默退出了群組。

季明舒剛出關就看到這齣，又莫名又好笑，直接把人拉了回來。

季明舒：【演苦情劇？】

蔣純：【你們都不理我！】

季明舒也懶得跟她多說，直接傳了個還未渲染的客房設計模型影片到群組裡。

季明舒：【我做了半個月才勉強做了這麼點，誰有功夫理你。】

蔣純點開，瞬間就被這高大上的影片鎮住了。

蔣純：【全都是你做的？】

季明舒：【不然你做的？】

蔣純無言以對，只能用滿螢幕的驚嘆號和刪節號來表達自己的震驚。

正在這時，谷開陽也突然冒泡解釋：【我最近在錄節目，不方便回訊息。】

蔣純：【……？】

蔣純：【你一個編輯錄什麼節目？你年紀也不小了，有這時間談談戀愛不好嗎？】

谷開陽：【……】

谷開陽：【就是一個談戀愛的節目。】

谷開陽說得雲淡風輕，季明舒和蔣純卻同時發出了一排問號表示震驚：我們咕咕竟然談戀愛了！！！

蔣純：【你什麼時候去的？】

季明舒：【節目叫什麼？】

蔣純：【實際上是怎麼談的？】

季明舒：【真談還是假談？】

兩人配合默契對準矛盾集中火力展開盤問追擊。

谷開陽：【……】

谷開陽：【三言兩語說不清楚。】

季明舒：【那就五言四語八言七語！】

蔣純：【對！有嘴你還怕說不清楚？是說不清楚還是不想說清楚？谷開陽你還滿會藏事的嘛你，本鵝鄭重警告你，你已經從思想上出現了問題！】

谷開陽被兩人一頓炮轟，沒撐住，最後還是老老實實向姐妹們交代了前因後果。

她年後便參加了一檔素人戀愛節目，這檔節目是和他們雜誌有合作的一家影片網站自製的。

當時剛好是個飯局，影片網站某個負責人誇了她幾句，大概就是年紀輕輕做到副主編不容易之類的，他們主編順嘴接道：「小谷年輕漂亮又有能力，一心撲在工作上，男朋友都沒找呢。」

那負責人一聽，眼睛都亮了，非要介紹她去參加這檔素人戀愛節目。還說他們節目對素人品質的要求如何如何高，她有多麼多麼優秀，多麼多麼適合這檔節目，最後礙著業務合作，她只得硬著頭皮應了下來。

其實各大衛視和各大影片網站都陸陸續續在做同類型節目，谷開陽也對這些有一定瞭解。不說真談戀愛，起碼參加這節目也能認識幾個菁英。況且這件事是主編同意的，不會太耽誤工作，所以她還真去了。

最近這段時間，她白天都正常上班，只晚上需要回到別墅和其他參與錄製的素人一起生活，習慣了之後也還挺好。

蔣純問到了最為關鍵的問題：【有沒有看上的？】

谷開陽：【沒有。】

谷開陽：【不過今天搬進來了個男四號，是老熟人。】

蔣純：【誰？】

谷開陽：【周佳恆。】

季明舒：【？？？】

晚上岑森回家，季明舒就像十萬個為什麼似的對岑森發動疑問攻擊。

「周佳恆去參加戀愛節目了，他還滿有空的嘛他。」

「這該不會是你特意安排的吧？你是不是知道谷開陽在參加那個節目？」

岑森聲音清淡，「谷開陽？她的確是應該好好操心下自己的感情問題，身為單身人士，一直向已婚人士灌輸自己都沒有實踐過的理論，這和破壞他人的婚姻和諧有什麼區別。」

很好，非常好。

季明舒感覺自己對岑氏森森的認識又攀上了一個新的臺階。

岑氏森森雖然沒有正面承認，但他那側面表述的意思翻譯得直白點就是——

沒錯，我就是知道你這位閨蜜在參加節目，周佳恆也是我安排過去的，希望你這位閨蜜以後可以專注在自己身上不要再閒得沒事挑撥我們夫妻之間的感情了。

季明舒：「你是不是瘋了？」

難道是工作不夠忙嗎？他竟然還有安排自己助理去勾搭自己老婆閨蜜的閒心！

岑森盯著她看了會兒，點頭，「你還真信了。」

他扯開領帶，忽然輕笑了下。

季明舒：「……」

也不知道是她看歪了還是怎麼回事，岑森那笑有點莫名寵溺，就好像在說「噢親愛的我就喜歡你說什麼都信智商不夠用的蠢樣子」。

她起了身雞皮疙瘩，踮腳捏住岑森臉蛋，往兩邊扯了扯，「不准笑！」

「好，不笑。」兩人離得很近，岑森順勢以額抵額，在她唇上落下一吻，又低聲發出邀請：「一起洗澡嗎？」

「流氓！」季明舒臉紅了紅，還輕輕搥了他兩拳頭。

季明舒大概就是傳說中「嘴上說不要但身體很誠實」的那類女人。

被岑森耍流氓的過程暫且按下不表，但在被耍流氓的過程中，季明舒還不忘感天動地閨蜜情，硬是纏著岑森，要他解釋周佳恆上節目那件事。

其實那件事還真是個巧合。

周佳恆家裡人這幾年一直在催他找對象，他總拿工作忙當藉口推脫，家裡人沒轍了，只好想了一個損招，不聲不響幫他投簡歷報名了一檔素人戀愛節目。

以周佳恆的簡歷，初選複選自然都是輕鬆通過，但初選複選的結果都沒有通知報名者，所以直到節目組打電話要他過去參加面試，他才知道這件事。

周佳恆其實不想去。

工作繁忙，岑森原本也沒打算讓他去。

可無意間得知谷開陽也參加了這檔節目，岑森改了主意，不僅幫周佳恆准了假，還提點周佳恆說，如果有意向的話，可以和谷開陽發展發展。沒意向的話，也可以促成谷開陽和其他男嘉賓發展發展。

總之最好是能做到送佛送到西，不要再讓這女人有時間有精力來荼毒他的小金絲雀了。

岑森和季明舒解釋時自然抹去了後半段，只說是家裡催婚催出來的巧合，也算合情合理。

谷開陽自己對周佳恆中途加入節目成為男四號這一巧合似乎也挺滿意，言語之間都是止不住的誇讚。

谷開陽：【我一直以為周佳恆就是那種老媽子一樣二十四小時寸步不離的助理，可他在君逸掛的職位竟然是大中華區副總裁，你們敢信？？？】

谷開陽：【而且他大學念清華研究所念南加州，這學歷很能打啊，我以前對他偏見真是太深了……】

也不怪谷開陽對周佳恆大為改觀，實在是沒有對比就沒有差距。

入住別墅後的第三天，節目組才允許大家公佈年齡學歷還有從事的職業。

前三天那幾位嘉賓高高在上的姿態讓谷開陽誤以為，他們這都是哈佛劍橋畢業、各行各業年入千萬的菁英骨幹，以至於她那幾天回別墅的時候壓力都特別大。

沒想到真到職業大公開那時候，王者瞬間變青銅，他們報出來的學歷和工作都是那種聽起來光鮮，裡頭水分擠一擠都夠淹死一頭牛的類型，她谷開陽坐那裡腰杆都不自覺地直起來了。

更遑論周佳恆，周佳恆那條件擺在這群所謂菁英裡，可真是優越到沒朋友。

之前女嘉賓一號和男嘉賓二號已經發展挺雙向挺明顯，可這幾天周佳恆一來，女嘉賓一號就開始尋找機會和周佳恆獨處。

女嘉賓二號之前也是和男嘉賓三號各種粉紅泡泡，可周佳恆出現，女嘉賓二號就特別主動地幫周佳恆準備早餐。

反正女嘉賓們的反應都很人間真實。

……

聽谷開陽這樣誇，季明舒也不好潑冷水上眼藥水，畢竟現在谷開陽也就是處在對周佳恆改觀的階段，也沒發展出什麼。

可季明舒還是不放心，等趕完飯店設計的稿件，她就打著「關心老公身體健康」的旗號，專程挑白天周佳恆上班的時間，提著阿姨煮好的湯去了趟君逸。

✕

君逸六十八樓總裁辦公室。

季明舒狐假虎威地坐在辦公椅上，學著岑森平日那種喜怒不形於色的樣子，淡淡問道：「周助理你在君逸的實際職位是大中華區副總裁？」

周佳恆謙虛道：「掛名而已。」

「什麼時候掛名的，該不會是參加節目之前某人幫你臨時掛的吧？」她托著腮，若有所指地看了眼被她趕到會客區喝湯的岑森。

周佳恆：「那倒不是，從澳洲回來就一直是這職位。」

季明舒又問：「周助理你好像不是帝都人，那你當年考清華是不是很難？」

周佳恆仍是一副謙虛模樣，「還好，我當年考大學全省第三名，清北都不是很難。」

「……」

季明舒半晌無言。

岑森不知道是有話想說還是怎麼樣，忽然示意周佳恆先出去催份文件。

等人出去了，他才問季明舒：「你覺得周佳恆不好？」

「不是不好，」季明舒撐著下巴想了半天，「就是我覺得，谷開陽是我閨蜜，以後她男友如果是我老公的助理……好像會有點奇怪。」

「有什麼奇怪，周佳恆一年年薪應該夠買三間谷開陽的公寓，在集團還有持股，而且他做助理只是一種歷練，不會永遠只當助理，你操心太多了。」

季明舒不服氣，「那是我閨蜜我當然操心！」

「那也是你閨蜜要戀愛，不是你要戀愛。只不過參加節目，她覺得不合適的話，雙方自然也不會發展。」

好吧雖然你說得很有道理並且已經飛速說服了我，但——

就你有嘴！

就你會說！

季明舒的死亡視線鎖定住他。

可他渾然無覺還在喝湯。

季明舒氣咻咻上前，蓋住了他面前的湯碗，故意找他話裡的漏洞作道：「我憑什麼就不能戀愛？我直接和你結婚都沒感受過戀愛的過程，你不覺得愧疚就算了竟然還說得這麼理直氣壯，我真是看透你了負心漢岑世美[3]！！！」

岑世美：「……」

變臉來得太快就像龍捲風，直到聽見辦公室門被甩上的聲音，岑森才勉強理清季明舒這突如其來的一番控訴。

他揉了揉眉骨，忽然間有些明白了，什麼叫做甜蜜的負擔。

辦公室外，催來文件的周佳恆剛好又撞上鬥嘴沒鬥贏只好跑出來的季明舒。

他還沒來得及招呼，季明舒就像小鞭炮似的對準他啪啪啪一通狂懟。

大意就是他參加節目錄製的時候如果沒有好好照顧谷開陽如果敢玩弄谷開陽的感情他就

3 在中國文化裡，陳世美是負心漢的代名詞。陳世美與秦香蓮的故事改編自《琵琶記》。

死定了之類的。

周佳恆覺得自己比竇娥還冤，他哪敢玩弄谷開陽的感情，他難道是嫌自己命太長嗎？

而且他和谷開陽有什麼感情可以玩弄？他現在每晚回那錄製節目的別墅，和谷開陽也就是相對而言比較熟悉的朋友關係，僅此而已。

季明舒聽他真誠解釋一通，也就勉勉強強信了七八分，還不忘和他打聽了別墅裡男男女女的配對情況。

她聽出來了，照周佳恆的意思好像是，谷開陽這時應該沒有有意向的男嘉賓，也沒有男嘉賓對她有意向。

谷開陽沒有有意向的男嘉賓這很正常，但是怎麼能沒有男嘉賓對她有意向呢？

不行，我們咕咕太沒面子了。

她忽然話鋒一轉，又明示周佳恆，要他對谷開陽表現得殷勤點，至少在有鏡頭的地方要表現得殷勤點，還向他傳授了各種追女孩子製造浪漫驚喜的方法。

這些方法周佳恆有沒有用來為谷開陽製造排場還得等節目播出，反正季明舒走後，周佳恆就將這些方法一字不落地轉述給他的老闆。

岑森看了下。

送手工禮物——這項不行，幼稚。

彈吉他——這項也不行，這已經不是他這個年紀該做的事情了，最重要的是他不會。

每天訂花讓同事和其他女嘉賓豔羨——這條顯然不適用於季明舒，季明舒沒有同事，送花也就是她一個人在家默默欣賞。

他忽然問：「現在談戀愛一般都是怎麼談？」

沒等周佳恆回答，他又自顧自地說了句：「不該問你，你又沒經驗。」

周佳恆眼觀鼻鼻觀心，心裡默默吐槽道：說得好像您很有經驗似的。

其實認真說起來，岑森也是有經驗的。只不過時隔太久，那段經驗在他腦海中只剩下了一片空白，好像沒有什麼值得記起，也沒什麼值得懷念。

他慢條斯理地摘下眼鏡，撐著額頭想了半天，終於拿起一旁手機，慢吞吞地打出了一行字——

【寶寶，今晚有時間和我約會嗎？】

他盯著這排字看了一會兒，好半晌才克服自己心底對這種肉麻語氣的不適感，在後面加了個季明舒喜歡的「可愛小黃臉」表情，點擊傳送。

⌘

奢華寬敞的衣帽間內，季明舒舉著手機邊拍邊問：「你覺得這套怎麼樣，會不會太正式了？」

她正在試的是一條卸了裙撐的酒紅緞面小禮服裙，裸肩設計，腰間還有一條閃閃亮亮的碎鑽細腰繫帶。

這條小禮服裙對身材要求極為苛刻，但季明舒骨架小、皮膚白，裙子穿她身上不緊一寸也不餘一寸，還襯得她越發明眸皓齒，楚楚動人。

影片那頭的蔣純似乎被美得移不開眼，好幾秒都一眨不眨，還是季明舒喊了兩聲她才回神，「哦，是有點正式，不過去西餐廳或者看話劇演奏會的話就還好，對了，你們晚上去哪？」

「就是不知道要去哪啊，他只問了我有沒有空約會，然後說下班了回來接我。」

說前半句時季明舒眉頭微皺，似乎還真有點鬱悶。可越往後說她那唇角就越往上揚，壓都壓不住。且每一個做作扭捏的小表情似乎都在瘋狂暗示：「沒錯，我現在就是一隻沉浸在戀愛中的小金絲雀寶寶！」

蔣純真不知道自己做錯了什麼，大下午還沒睡醒呢就被人掰開嘴強行塞了把狗糧。

她勉強將狗糧咽了下去，但總覺得不是那麼真實，因為她實在是腦補不出岑森那種「我跟你廢話一秒鐘都少賺了一個億」的冷面大佬向人發出約會邀請時會是個什麼樣子。

不過她也不需要腦補，因為季明舒太愛炫耀了，挑完衣服沒憋住，非要給她看聊天截圖。

岑森：【寶寶，今晚有時間和我約會嗎？】

蔣純輕輕搧了自己一巴掌。

嗯，有點疼，不是做夢。

蔣純：【這是你老公？】

季明舒：【不然是你老公？】

蔣純：【……】

蔣純：【你有沒有打電話給你老公，看起來怎麼像被盜帳號了？】

季明舒：【……？】

季明舒：【你會不會說話？】

蔣純：【不是，這訊息傳得太魔幻了，你自己尋思尋思，岑森叫你寶寶合理嗎？唐之洲都沒這麼油膩呢……】

季明舒：【你成功做到了一句話得罪三個人。（微笑）】

蔣純：【卑微.jpg】

蔣純的冷水顯然澆不滅季明舒搓手手等待約會的熱情，要知道她和岑森結婚近四年，除了平安夜那次看電影吃火鍋，還沒有正正經經約過會呢。

她認真化了個清透自然的約會妝，將髮型弄出慵懶隨性的效果，又換了條相對而言沒那麼正式的煙粉色一字裙，很有心機地露出精緻鎖骨。

左轉轉右轉轉，很好，今天小金絲雀寶寶的美貌也有認真營業！

為了達到最佳的營業效果，她還知會了岑森一聲，請司機送她去柏萃天華找某只很襯這身打扮的手鐲。

✕

下午四點五十七，君逸的高層會議仍在僵持，兩個重點專案的負責人為了資源競爭吵得面紅耳赤。

平日大家都是主管，對上對下裝也能裝得斯文和氣，可真到了利益說話的時候，主管也和菜市場裡為了一塊錢零頭找攤販爭論的大媽沒什麼區別。

非要找出點區別的話那就是更悍更猛，更高更強，就他們兩人那架勢，要不是會議桌太寬手又太短，大概都能捲袖子直接在這裡一決勝負打出個你死我活了。

其他與會人員都是一副事不關己高高掛起的態度，頂多口頭上說幾句無關痛癢的勸慰，更多還是等著端坐上首的大 boss 岑森表態。

可岑森無波無瀾，手指搭在桌面輕敲，目光靜靜的，看不出有什麼真實想法。

有些人在心裡默默篤定岑森這是暴風雨來臨之前的平靜，畢竟他一貫的風格就是，要嘛不說話，一說就開大。

耐心等了三分鐘，岑森終於有了開大絕的趨勢，「黃經理，宋經理。」

爭吵倏然停止。

滿室寂靜，所有人都不約而同看向主座。

岑森抬眼，清清淡淡說了句：「五點了，今天先到這，散會。」

……？

散會？

包括黃宋兩位經理在內的所有與會人員都沒太反應過來。

雖然平時開會確實有一個時間預估，但大boss主持會議哪還有什麼時間到了散會的概念，念書那時候校長講話講一個早自習，班導難道能要他別嘮叨了嗎？

大家處在突如其來的震驚中回不過神，岑森卻已經起身整理衣襟，周佳恆也有默契地上前為他收拾會議資料。

他們就那麼看著岑森不急不緩走出會議室，然後大腦開始高速運轉，瘋狂腦補岑森莫名離場的真實含義。

兩位經理這時也已反應過來，想起剛剛在岑森面前吵得那麼不體面，冷汗涔涔的，總覺得這是要秋後直接問斬的節奏，於是死拉著周佳恆這救命稻草不讓他走，非要問個清楚明白。

周佳恆無言以對，就是字面意義的散個會而已，有必要嚇成這樣？剛剛開會的時候一個個不是都很行嗎？人家要哄老婆哪有心思聽你們兩人在這爭吵。

✕

五點半，岑森的車準時停在柏萃天華樓下，他打了通電話給季明舒。

季明舒漫不經心應了聲「等等」，然後拿著小望遠鏡趴在窗邊往下望。

雖然她早就無事可幹專等岑森來接，但約會擺架子的必經程式還是得走一走。

只不過這架子擺得她自己百爪撓心的，不到五分鐘，她就忍不住匆匆下樓。

見她穿了條小粉裙子故作高冷地撩著頭髮，岑森下車，為她打開副駕車門。

季明舒瞄了眼駕駛座，「你自己開車？」

岑森「嗯」了聲，拿起副駕上的粉白玫瑰遞到她面前，又上下打量她，誇道：「今天你好像，格外漂亮。」

總裁就是總裁，「格外」這詞顯然是用心進修過的，從根源上就堵住了女生們反問「難道我平時不漂亮」的可能性。

季明舒遞給他一個「算你識相」的眼神，小心翼翼護著花坐進了車裡。

這捧花只有十一朵，花束不大，但勝在新鮮精緻。

季明舒愛不釋手，一路上拿著自拍了幾十張，等紅燈的時候她還示意岑森偏頭和她一起拍。

可岑森那個角度入鏡總有點不和諧，她乾脆拍了張岑森開車的側身照。

季明舒：【和岑先生去約會！（可愛小黃臉）】

另配圖兩張。

她這動態一發，按讚和留言瞬間飆升。

趙洋：【老夫老妻的，你們兩人也太酸臭了。】

舒揚：【我覺得我得去動物醫院看看病。】

趙洋回覆舒揚：【不用看，你這是狗糧吃撐了。】

谷開陽：【今日份的舒寶美顏已吸收！】

蔣純：【寶寶安排一下？】

岑迎霜：【第二胎安排一下？】

季明舒一一回覆，可沒等她回完，岑森便停車提醒：「到了。」

「這麼快。」

她略感意外。

其實也不算快，畢竟她拍照修圖就花了差不多四十分鐘。

岑森卻沒解釋，只順著她「嗯」了聲，又傾身幫她解安全帶。

他們到的是一家法式餐廳。

季明舒一想起要和岑森在外面吃飯，還是吃時間非常漫長的法餐，就有點條件反射地腦袋痛。

但約會嘛，飯總是要吃的，於是她眼一閉心一橫就直接進去了。

可非常出人意料的是，這次用餐並不是一次監考老師坐在面前催交考卷的煎熬體驗，反而很舒心很愉悅。

岑森吃得很慢，又非常顧及她的感受，幫她倒水倒紅酒，還會找話題和她聊天。

而且他聊天的話題調節得很巧妙，正經的聊一會兒，沒營養的又聊一會兒。

季明舒感覺還滿神奇，他怎麼在吃飯的時候忽然尬起了健談人設？平日他只有在教育她的時候還有上床聊騷的時候才有這麼多話吧。

當然不可否認的是，她很喜歡他一直看著自己說些有的沒的，就有一種……他是在用心和她相處的感覺。

吃完飯兩人牽著手在外頭漫無目的地逛街，還順著之前在餐廳聊起的上學往事繼續往下，十分難得地談了談心。

一切都很完美，也符合季明舒心目中對情侶約會的定義——如果他們兩人沒有去看那場4D電影的話。

大概逛了半小時，季明舒有點走不動了，岑森便提議去看電影。

在影院買票時看到有4D場次，岑森問她要不要試試，她這種戀愛腦當然是老公說看什麼就看什麼，乖乖巧巧點了點頭，然後長達兩小時被動熱舞的噩夢就開始了。

電影以一段飆車戲進場，季明舒屁股還沒坐熱，座椅就順著電影鏡頭毫無預兆地亂他媽搖，她手裡甜筒直接糊了一臉。

擦完臉，她打算喝口可樂壓壓驚，可椅背又順著電影裡的開槍鏡頭冷不防給她來了一拳，還正正好砸在她蝴蝶骨上，半杯可樂都灑到了地上。

最可怕的是平均間隔時長不足三十秒的冷氣和水霧，堪稱人間真實版「冷冷的冰雨在臉上胡亂地拍打」，她裹著岑森的外套都冷得打顫，唯一值得慶幸的大概是，她今天妝容清淡且十分防水，不會被噴成黑山老妖。

電影結束的時候，她已經被椅子毆打得有點半身不遂，裙子皺巴巴的，每個小捲都精心設計過弧度的髮型也已凌亂不堪，整個人狼狽得就像在電影院被岑森凌辱了十八遍一般，渾身上下都寫滿了弱小可憐又無助。

岑森也同樣是花錢受罪兩小時，但他還是面無表情繃住了高冷霸總喜怒不形於色的人設。

他起身整理衣襟，又朝季明舒伸手。

季明舒握住他的手顫顫起身，站起來時還往他懷裡踉蹌了半步。

他順勢抱住季明舒。

季明舒精疲力盡又氣又累，眼睛明亮濕潤，靠在他懷裡委屈巴巴小聲道：「你是不是故意的！氣死了！我要和你離婚！」

季明舒說要離婚當然只是說說而已，岑森顯然也沒把她的氣話當真，只不過這場4D電影看下來，後半場約會確實做到了全方位無死角的失敗。

岑森本來還安排了江邊兜風、去露天酒吧喝酒聽歌等環節，但走出電影院，季明舒就表現出了劫後餘生般的慶幸還有「趕緊回家我還能再搶救搶救」的強烈歸巢欲望。

見她這般，岑森也就只好臨時取消了後續安排。

好在平城初春的夜風溫柔宜人，回家一路吹著小風，季明舒心裡那股氣悶的情緒也被吹散不少。

冷靜下來仔細思考，她覺得這件事也不能全怪岑森。

岑森這種上世紀遺留下來的老古董，進電影院的次數恐怕都屈指可數，又怎麼能指望他事先知道4D觀影是一種怎樣的降智體驗呢。

他能主動邀約送花，吃飯的時候用心和她聊天，已經是很大的進步了嘛，來日方長，不著急。

這麼為岑森開脫了一波，季明舒心裡總算得到了些自我安慰。

可下一秒她滑了滑通訊軟體，剛剛做好的心理建設瞬間決堤，笑容逐漸消失，神情也逐漸僵硬。

出於對今天約會的欣喜，她幾乎每隔一小時就會發一則新的動態更新約會進度。

在進影廳之前，她也將兩人的電影票根放在一起拍了張照，並附言：【和岑先生一起看電影，開心！】

發完她就沒有再看手機，所以也不知道，其實兩小時前谷開陽和蔣純就對她進行了溫馨提示和高能預警。

谷開陽：【沒事吧你們兩人，約會看4D電影？】

蔣純：【哈哈哈哈哈對不起我有點想笑！】

谷開陽：【？？？】

谷開陽：【人呢？】

蔣純：【大概已經進去了。】

谷開陽：【好吧。】

谷開陽：【真正的愛情不僅要經過裝修旅行的考驗，更要經過一起看4D電影的考驗，親愛的加油喔！】

蔣純：【哈哈哈哈哈你這個魔鬼！我笑得好大聲哈哈哈哈哈！！！】

更過分的是這兩人還一直在關注她的動態。

蔣純：【親親雀寶，兩小時沒發動態了您還健在嗎？】

谷開陽：【可能在鬧離婚了。】

蔣純：【噗！】

蔣純：【你別說話我都已經有甩離婚協議書的畫面感了！哈哈哈哈哈！！】

季明舒臉臭到不行，忍住罵人的衝動扔了張圖到群組裡：【我不和沒有性生活的人說話.gif】

其實那則帶票根的動態一發，不只她被無情嘲笑，岑森他們玩伴群組裡更是熱鬧了足足兩小時。

舒揚：【4D電影哈哈哈哈森哥真的是絕！】

舒揚：【我真情實感以為這波森哥是找了代練直接晉升王者，原來還是個倔強青銅！】

江徹：【而且是倔強青銅Ⅰ。】

趙洋：【我覺得我得在我們醫院幫森哥預留一個床位哈哈哈哈！】

岑森對這長達兩小時的嘲笑一無所知，對季明舒一路跌宕起伏的心路歷程也未有察覺。因為在他看來，4D觀影體驗雖然不佳，但也只能算得上是這次約會行程中的小小插曲。到家時見季明舒沒什麼表情，他還以為她只是有點累，自以為體貼地幫她放了熱水泡澡，還在水裡加了舒緩精油。

他本來還有鴛鴦浴的念頭，可季明舒抱著睡裙進浴室後就面無表情地直接將門鎖死，洗完澡也是蜷在床的一側迅速進入睡眠狀態，沒有半點要和他交流的意思。

✕

被冷落一晚，岑森再怎麼遲鈍也明白了昨夜的4D觀影已經直接導致了季明舒對這場約會的不滿。而且她的不滿還非常保鮮，不進冰箱都能持續到第二天，早上她明明醒了卻沒纏著他要早安吻就是最好例證。

說來也巧，岑森今天上午的工作安排就是和某院線總經理打高爾夫，談君逸雅集在電影院的片頭廣告投放。

其實投個廣告的事完全用不著岑森出動，只不過這院線總經理是他高中同班同學，前幾年在集團旗下子公司歷練，最近剛剛升任總經理，兩人借著這機會敘敘舊，也是為以後可能存在的合作機會打個基礎。

打球間歇，對方接了通工作電話。

岑森總在想季明舒，便也放下球杆傳了則訊息給季明舒。

岑森：【抱歉，昨晚約會沒有安排好，下次一定補償。】

收到這則非常岑氏森森的訊息時，季明舒還窩在被子裡沒有起床，昨晚那頓毆打的後勁還挺大，她腰疼背痛的，尤其是蝴蝶骨和尾椎，一按就痛。

——你以為還有下次？

賭氣敲完這句，季明舒頓了頓，一鍵清除又重新寫。

——這是我最糟糕的一次約會體驗，哼！

這句比較好，生氣中帶點撒嬌，控訴中又用表情符號賣了個小萌。季明舒看了幾遍，還滿滿意，按了傳送。

可岑森的關注點總是比較清奇，不僅沒有順著她的撒嬌賣萌往下接話，還查戶口似的問道：【你還有過什麼比較滿意的約會體驗？】

婚前他就查過季明舒，知道季明舒這些年並沒有認真交過男朋友。

但季明舒是在國外念大學的，國外約會文化盛行，同時和好幾個人見面也不是什麼值得批判的事，所以並不能排除她約過會這一選項。

季明舒默默回了一排省略號。

她好歹也當了十幾年的校花，追求者無數，和男生約個會有什麼好稀奇的。

岑森還想再問，他的高中同學卻已經打完電話往回走，搖頭嘆氣抱怨三連：「現在院線真不好做，平臺三天兩頭要優惠補貼，宣傳排片什麼事都能找我這來。」

岑森收起手機。

他高中同學又繼續道：「對了，剛剛說到哪裡來著？哦，說到你老婆了是吧。」

他笑，「真別說，我還真沒想到你們兩人會走到一起。我記得我們念高三那時候季明舒才念高一？就軍訓那時候，大家不是都會討論國中部升上來的這些小妹妹嗎，季明舒那時候可真是水靈，我們寢室那個厲濤還寫過情書給她呢。」

「哦對了我還有個堂弟，校籃球隊的，叫周振，我不知道你有沒有印象。說起來他和你還挺有緣分，有段時間他和李文音關係滿好的，然後我們畢業之後，他還差點和你老婆談上了，緣分啊！」

「是嗎。」岑森看著遠處茵茵綠草，聲音溫和清淡。

他高中同學還越說越來勁，彷彿這層關係有多值得攀上似的，「對啊，他那個人比較慢熱，其實季明舒剛升高一他就盯上了，沒機會發展啊，那時候追你老婆的人都從學校南門排到北門了。還是後來聽說你老婆對他有點意思才出手，可時間不對，還是沒成……」

岑森在球後方保持身體重心平衡，做好擊球準備，明明姿態完美，可還是不受控制地過度揮杆，沒能開出好球。

✕

而另一邊，見岑森沒再追問，季明舒也放下手機終於起床。

她今天下午要去參加一個品牌活動，推算時間，造型師也快到了。

她洗漱完敷了片面膜，又下樓將昨晚帶回來的玫瑰花悉心修剪放進花瓶，緊接著回到樓上繼續走保養流程。

聽見樓下阿姨幫造型師開門，季明舒將房裡岑森的衣服收拾了一下。

他昨晚出門約會穿的是一件大衣外套，看電影時她裹了一會兒，上面還殘留著她身上的香水味道。

她拎起來直接扔進竹簍，可轉身時忽然瞥見衣服口袋露出一截褐色皮質的……錢包？

她抽出來看了眼，不是錢包，是一本小皮質筆記本。

季明舒從後往前快速翻了翻，後面是一片嶄新的空白，前面幾頁有岑森的字跡。

他字如其人，線條鋒利冷硬卻也極具美感，只不過寫出來的東西就不是那麼冷硬了。

約會行程：

一、預訂玫瑰花。

注：花束不宜過大，不好拿；粉白最佳，正紅其次。

二、五點三十去接明舒。

三、六點二十到達餐廳。

注一：明舒不太喜歡鵝肝。

注二：吃飯時注意互動聊天，放慢速度，不要一味進餐。

互動話題選擇：室內設計、音樂、畫展等，注意嚴肅話題和輕鬆話題的結合。

四、散步。

五、看電影。

注：以喜劇電影與動作大片為第一選擇，不宜選擇過於沉重和文藝的題材。

六、去江邊露天休閒酒吧喝酒。

注：以民謠休閒酒吧為第一選擇，有人彈吉他最佳。

七、回家。

未盡事宜下次約會以待補充。

其實當下午看本子上一二三四分門別類的，季明舒下意識以為這是岑森寫的工作計畫，直到瞥見自己名字，她才反應過來，仔細查看。

看完她有好一會兒都回不過神。

怎麼說呢，真的好嚴謹……嚴謹到她不由自主回想起了以前念書寫論文時的那種瑟瑟發抖和不知所措。

造型師已經上樓，很有禮貌地在外頭敲了敲門。

季明舒緩了緩，將本子放在一旁，上前擰開門把。

下午的活動是戶外茶會類型，雖然邀請函上沒有著裝要求，但依照慣例還是得穿該品牌近兩年的新款才算禮貌得體。

季明舒挑了條墨綠色流蘇裙，造型師也覺得合適，只不過裙子是從上往下穿的款式，她便建議季明舒先換衣服再做妝髮。

做跟妝造型這一行的都極善話術，奉承馬屁從他們嘴裡說出來總是自然真誠。

而且他們經常為明星名媛服務，知道的八卦和小道消息很多，妝髮幾小時，只要你願意聽，絕對不會讓你無聊。

這時造型師正在講前幾天幫某大熱門電影女二號做造型時，女二號對助理發火還有對主辦方要大牌的事。

季明舒偶爾「嗯啊」兩聲，八卦左耳進右耳出，手邊倒是一直把玩著岑森的小本本。

不知想到什麼，她忽然打開小本本，又隨手拿起一支眉筆，在上頭寫了句話。

「親愛的，你在寫什麼呢。」造型師瞥了眼，但沒看清，好奇打聽道。

「沒什麼。」季明舒寫完便自顧自闔上了本子，抬頭看鏡子，又略略偏頭指著頭髮說：「我覺得這邊可以稍微鬆一點，綁得太緊了。」

造型師順著她的視線看過去，用梳子細柄往外挑了挑，「還緊嗎？」

「嗯，可以了。」

造型師放下心來，識趣地沒再追問，而是繼續跟她講那女二號的八卦。

季明舒不傻，人家今天能跟你講別人的八卦，改天也能跟別人講你的八卦。

可她又按捺不住想要分享寶藏老公的心情，思來想去，只好跟蔣純和谷開陽強行分享了。

蔣純：【？】

蔣純：【我懷疑這是秀恩愛。】

蔣純：【冷冷的狗糧在臉上胡亂地拍打.jpg】

谷開陽：【我做錯了什麼？】

蔣純：【我又做錯了什麼？】

季明舒做作道：【他電話號碼只報一遍都能立馬記住，幹嘛要寫這個，還寫得這麼細

緻。哎，我現在心裡有點五味雜糧的。】

谷開陽：【好了不要說了，我們已經感受到他對你的重視了。（微笑）】

谷開陽：【我們叱吒風雲腦力驚人的岑總為愛降智在筆記本上精心編排約會行程，啊我不行了！這是什麼冷漠的可愛男人！】

谷開陽：【女人，你滿意了嗎.jpg】

滿意，非常滿意。

季明舒不自覺偷笑。

蔣純：【雖然很甜但——】

蔣純：【不是五味雜糧是五味雜陳吧好像？】

蔣純：【抬槓學專業第一.jpg】

蔣純：【頂鍋蓋.jpg】

季明舒：【……】

季明舒：【好了專業第一你可以閉嘴了。】

×

咕雀鵝鐵三角的日常鬥嘴一直鬥到了品牌活動現場。

蔣純本來不打算參加，因為她早就得知前未婚夫和小白蓮今天也會出席活動。她已經很久沒見這兩個臭不要臉的了，也不知道能不能好好控制自己火氣。

不過谷開陽和季明舒都說要幫她撐腰，加之現場眾名媛都是季明舒的塑膠姐妹，萬一修羅場了吃虧的肯定也不是她。

這麼一想，她又心安理得地來了。畢竟今天宴仔也會來走個過場，她好久沒在活動上舔到孩子精緻英俊又冷酷無情的神顏了，實在是有點想念呢。

活動現場開了十二盞小噴泉，白色大三角前一對年輕壁人在四手聯彈，甜品臺是銅邊玻璃的螺旋階梯造型，明星們在展板前擺拍簽名，接受採訪。鬢影衣香鮮花簇簇。

「你怕什麼，出軌的又不是你，當初那一巴掌也是我打的和你又沒關係。」

季明舒暗地裡用扁平氣聲幫蔣純壯膽，明面上仍是唇角彎彎笑得楚楚動人，還時不時和熟人遙遙舉杯致意。

蔣純：「我知道，只是有點尷尬。」

「他都不尷尬你尷尬什麼，再說了你現在都和唐之洲訂婚了，大家各自美麗不好嗎。」

季明舒放下酒杯背對眾人，小嘴叭叭一番分析，分析完還幫蔣純打了萬一發生修羅場的各種預防針。

可就在她說得頭頭是道的時候，身後忽然有人頗具興味地喊了她一聲：「嘿，季明舒嗎？」

她稍稍一頓，回頭看。

可能是因為小雀腦記憶力有限，面前這位有些眼熟，但她一時半會還真想不起到底是誰。

不過沒關係，來人很快便自報家門企圖喚醒她沉睡的記憶，「我是周振。」

「……」

季明舒終於想起來了，她想起來的同時，臉上也稍稍浮起了一個尷尬而不失禮貌的微笑，「好久不見。」

蔣純遞給她一個疑問的眼神。

她簡短介紹道：「周振，我高中學長。」

周振略略挑眉，似乎對她這介紹詞不甚滿意。

但季明舒除了一句高中學長還真不知道有什麼多餘訊息可供介紹，難道還要在前面加一個修飾語：差點成為我初戀的高中學長？

她不善敘舊也不想敘舊，連蔣純都沒介紹給周振，便禮貌地點點頭又端起酒杯繼續喝酒。場面一時有點乾。

高中時代已經過去六七年了，其實也沒什麼恩恩怨怨不能放下。隨便換一個和她沒什麼淵源的老同學她也許都會耐下性子和人聊聊往事，但李文音不在這範圍，周振也不在這範圍。

無他，周振就是她曾經有過好感結果沒兩天就和李文音一起去學校餐廳吃飯、還說說笑笑很開心的高二學長。

李文音那時候明擺著就是和她作對才故意接近周振，當她那點出於對顏值欣賞升起的好感漸漸淡去之後，李文音也很快從他身邊消失，等升上高二，又和已經畢業的岑森正式確定了關係。

那時候李文音春風得意，但季明舒做什麼都提不起勁。

也就是在那時候，之前和季明舒無甚交集的周振從她室友那聽到口風，知道她之前對他有點好感，又主動出現在她身邊，頻繁地向她傳達出一種追求的訊息。

好歹也是個帥哥，季明舒雖然沒一口答應，但也沒直言拒絕。

後來寒假和朋友一起出去玩了兩次，她覺得這男生還不錯，本來想說不然談談也可以，可沒想到這哥們看起來慢熱靦腆，結果是個海王，不僅有小魚塘還管理著七大洋。

那年代不流行通訊軟體，但聽他室友爆料，光是MSN他就能同時控制五場談話，一部哈利波特能帶不同女生看六場。

季明舒也算是開了眼界。

後面告白她自是拒絕。

由於差點被這位海王欺騙感情，季明舒覺得很沒面子，此後多年她都從未對人提及這段幸好還沒開始的初戀。

再遇故人憶往昔，季明舒顯然不想多加搭理。

可周振這位故人不是特別識趣，季明舒的態度都這麼明確了他還杵這裡不走非要和她聊，自以為恰到好處地提起以前的曖昧，又話鋒一轉說起自己畢業之後在國外的發展，言語間似乎覺得自己發展得不錯還挺優越，就莫名有種想讓季明舒對自己從前的拒絕感到後悔的揚眉吐氣之感。

季明舒客客氣氣聽了半晌，正想打斷。

忽然有女人走來，宣誓主權般挽住周振手臂，親暱地喊了聲：「阿振。」而後又用不那麼善意地目光上下打量季明舒。

她這聲「阿振」發音不太標準，大概是美籍華人。

季明舒掃了眼她身上和自己同款不同色的流蘇裙，事不關己地垂眼晃著紅酒。

這女人也很快注意到季明舒的裙子，臉色變得不大好看。這條裙子她當時也想買墨綠款，但到處沒貨，她不開心了好幾天，最後還是買了白色。

吃瓜小土鵝暗中觀察著一切卻不說話，只掏出手機打了一排字給季明舒看：【撞衫不可怕，誰醜誰尷尬。】

季明舒抿唇。

「這兩位是？」女人看著她倆，問周振。

周振倒不尷尬，簡單為她介紹了一下，又和季明舒介紹這女人是他未婚妻，還有意無意地介紹了幾句人家背景。

季明舒笑笑，「噢」了聲。

這兩人不知道是剛回國不清楚國內圈子什麼情形還是怎麼回事，杵在季明舒跟前不走。一位話裡話外都想表現自己現在混得好你當初沒和我交往是你的損失，另外一位大概患有男友被搶症候群死死黏著她家海王表明自己正宮地位。

季明舒有點不耐煩了，遞了個眼神給蔣純。

蔣純特別上道，忽然順著未婚妻的話讚嘆道：「打算去挪威度蜜月呀，太浪漫了，我都沒有見過極光呢。」

未婚妻舒心地笑了笑，客氣了兩句。

蔣純又看向季明舒，「欸你老公幫你買的島手續辦得怎麼樣了，你都說好了要帶我去看極光的，我們能不能直接坐你老公買的那個大遊艇過去呀？」

周振和他未婚妻都稍稍一頓。

蔣純恍若未覺，彷彿岑森不是季明舒老公而是她老公般，誇得那叫一個真情實感天花亂墜。

「……對了你老公今天什麼時候來接你？」

「哎明舒是真的命好，老公只要有空就會來她，還會幫她做飯。」

季明舒不動聲色掐了她一把，示意她適可而止，等下活動結束一起走沒人接豈不是很尷尬？

可一抬眼，她就看見蔣純嘴裡那個她都快不認識了的絕世好男人站在不遠處，正深深看著她。

蔣純這人就很奇怪，有時候比一休和尚還機靈，一個眼神就能順暢接話。有時候又活像八百度近視，人都走到面前來了還毫無所覺。

季明舒就那麼眼睜睜看著岑森停在周振和他的未婚妻身後，意味深長地和她對視一眼，又看向蔣純，似是在認真聆聽這位自來水粉絲舌燦蓮花滔滔不絕的誇讚。

周振和他未婚妻臉上已經有些掛不住了。

兩人又不是傻子，蔣純對岑森那堪稱天花亂墜的誇讚無非就是想告訴他們兩人——人家老公不管在哪方面都隨隨便便甩你幾十條街，請不要自我感覺那麼良好謝謝。

不過相較於未婚妻的臭臉，周振的情緒管理能力還是強上不少，當然這也是因為，他並沒有很相信蔣純說的那些誇張之詞。

他這些年都在國外，不知道季明舒已經結婚，更不知道她的結婚對象是岑家那位聲名赫赫能翻雲覆雨的少東家岑森，所以在看到季明舒的時候，才有想在她面前炫耀炫耀的心思。

從蔣純口中聽得這一消息過後，他確實有點尷尬。

但蔣純所說的那些未免也太過誇張，岑森和季明舒結婚，那明顯就是家族聯姻，岑森對季明舒又能好到哪裡去？

況且岑森是他們中學時代的風雲人物，他也算是單方面地認識岑森。而且他堂哥和岑森是同班同學，兩人還有過同寢的交情。他印象中的岑森可不是什麼能為老婆洗衣做飯的絕世好男人。

氣都不喘誇完一段，蔣純稍歇。

周振笑笑，適時插話：「想不到明舒你和岑學長結婚了。」

季明舒沒心思理他，滿腦子都在想：是因為在戶外所以他們都感受不到岑森自帶的降溫特效嗎？蔣純太過投入沒看見就算了，這兩人也不打算回個頭？死神來了啊就在你們兩人身後啊！

周振看起來是真沒打算回頭。

他滿心都想著在未婚妻面前挽回尊嚴，還饒有興致地裝了起來，順著剛剛的話題，忽然大談自己堂哥和岑森的交情，言語間把周岑兩家擺到了一個差不多的位置，還點到即止地提起李文音。

末了笑著總結：「這樣說起來，我和岑學長也算有緣分。」

有什麼緣分？

吃過同一坨屎的緣分？

季明舒原本還耐心很好地聽著他吹，可聽到李文音實在是聽不下去了，原本只禮貌稍彎的唇角忽然擴大弧度，眼睛也亮起來，衝周振的方向甜甜地喊了聲，「老公！」

「……？」

周振和他未婚妻都怔了怔，等反應過來，又不約而同順著她的視線回頭。

岑森沒看他們兩人，只抬眼，視線在半空中和季明舒交匯。

從季明舒亮亮的眼睛裡，他莫名讀出了一種「你如果不配合我的演出我就讓你千秋萬世斷子絕孫」的威脅。

稍許，他微微點頭，很自然地走至季明舒跟前，幫她挽了下耳邊碎髮。

季明舒也很自然地挽住他的手臂，嬌中帶嗔，「你怎麼這麼早就來了，工作忙完了嗎？」

岑森面不改色「嗯」了聲，「下午沒什麼事，就想說早點來接你。」

他轉頭和蔣純打招呼，而後看向周振，溫聲問：「這位是？」

不待季明舒介紹，周振便自報家門，「我是周振，學長你好，我也是附中的，比你小一屆，比明舒大一屆。」他還補充，「不知道學長你記不記得周獻，他是你室友，也是我堂哥。」

岑森糾正：「只有軍訓那三天是室友。」

周振神色略略一僵。

岑森：「不過我和你堂哥上午剛見過面，談了個合作。」

周振鬆了口氣，剛要接話。

岑森又繼續道：「但沒談成。」

周振訕訕，半晌才憋出一句：「那真是……太可惜了……」

「不可惜。」岑森輕描淡寫。

周振：「……」

他顯然已經不知道該擺出何種表情。

岑森的戲弄意味這麼明顯，傻子才聽不明白，周振未婚妻臉色難堪，拉了他兩把匆匆將人拉走。

蔣純在一邊憋笑憋得辛苦，人走之後差點沒當場笑暈過去。還是季明舒捏她一把告誡她注意場合，她才勉強收了收。

不知是不是因為聽到了蔣純一人能扛起一整個捧場群組的奢華彩虹屁，岑森今天還很有耐心地多和她說了幾句。

但蔣純自問受不起這份殊榮，很快便以找谷開陽為由匆匆從季明舒身邊撤離。

✕

這時活動其實才剛剛開始，連給貴賓看的可訂製新品都還沒拿出來，季明舒也不好直接和岑森離開，兩人挽著手在活動場地內隨意晃著，雖形容親密，但也莫名沉默。

「……這款它經典的地方就在於包面上特別有代表性的衍縫菱形格紋，它要經過九十五道精細工序來製作，明針暗縫……」品牌主講在介紹這一季經典包款的推陳出新，來賓和記者圍了一圈。

季明舒終於忍不住，撞了下岑森，抬眼小聲問：「你上午和周振他堂哥談合作，他堂哥……說了什麼？」

「你說呢。」岑森四兩撥千斤。

季明舒默了默，也明白他這直接殺過來就差興師問罪的架勢，周振那堂哥八成沒講她什麼好話。

她心底有點岑森為她吃醋的小高興，更多的卻是不想解釋的彆扭，畢竟差點被魚塘管理這事可不怎麼光彩。

「……你別聽人胡說八道，我和周振沒什麼。」

猶豫半晌，她解釋了這麼一句，也沒解釋太多。主要是岑森也沒表現得對這事非常在意，那她急急忙忙趕著撇清關係好像也沒什麼必要。

岑森「嗯」了聲，果真沒有追問。

整場活動下來，岑森都表現得滿正常滿有耐心，還陪著她訂了些季節性新品。

最後有一場小型的品牌古董包拍賣，季明舒沒看上，但周振他未婚妻看上了一個。周振圖表現，一直跟另外一位女士叫價，一副很勢在必得的樣子。那位女士見狀，後期也沒再跟。

可就在成交之前，岑森眼都不眨直接將周振的報價抬了一倍。

這價格顯然已經高得有點離譜，別說周振捨不得，他未婚妻也捨不得，最後只能眼睜睜看著岑森買下這只包。

季明舒也沒想到岑森會突然來這麼一下，意外道：「我不用這個，我有一只了。」

岑森垂眸看著拍賣商品目錄，雲淡風輕，「隨便買買，你不喜歡的話可以送給閨蜜。」

周振和他未婚妻坐得不遠，聽到這話差點沒嘔出血。

蔣純也坐得不遠，就在他們兩人前面一排，聽到這話驚喜轉頭，眼巴巴地看著季明舒瘋狂暗示。

可最後季明舒還是沒捨得送，畢竟這是岑森為她買的，但她答應將自己之前收藏的那只同款送給蔣純。

為此蔣純連拍了她三天彩虹屁，小學生似的在谷開陽面前炫耀。谷開陽不和她計較，但季明舒對待閨蜜一向公正無私，於是悉心另外挑了一款送給谷開陽。

✕

一只包包引發的閨蜜吃醋大戰暫且不提，當日回家，岑森非常二十四孝地準備了豐盛晚餐，還醒了一支年份很好的紅酒。

最近岑森公事繁忙，都沒什麼時間下廚，季明舒已經很久沒有一飽口福了。

這頓飯有很多她喜歡吃的菜，當然還有久違的紅燒小排骨。

她吃得非常滿足，滿足到早將周振引發的小小不快拋諸腦後。

飯後，她甚至還很賢良淑德地和岑森一起穿著圍裙洗了洗碗。

雖然小排骨出場的時候她就知道晚上會發生什麼，心裡還隱有期待，但她並不知道，今晚這頓小排骨的代價比平日要高太多。

岑森就像是突然變了個人似的，渾然不見白日的溫和。

她以前說幾句好聽的，服個軟，岑森就會溫柔一點。但今晚完全沒有，他整個人就很強勢，不容半分反抗。

季明舒一抽一抽的，汗如雨下，終於在一次次的潰不成軍中察覺出了岑森的不滿，特別主動地坦誠自己和周振那點都算不上什麼事的往事。

岑森額角黑髮微濕，眼底泛著紅，在她身後沉啞著問：「你對他有好感？」

她斷斷續續，「那時候……那時候他長得好看，有點好……好感，不是很正常嗎。我還對……對好多，男明星有好感呢。而且我只是有個好感，你不是還和……還和李文音交往了嗎你……」

季明舒說完，就覺得自己根本就不該說話，這種時候揭短又不能贏獎金！

果不其然，迎接她的又是一陣死去活來。

她早已放棄反抗，小聲嗚咽，揪著窗簾布，抽抽噎噎地懺悔著自己再也不想吃小排骨再也不貪口腹之欲了。

但即便如此，岑森也沒有放過她的意思，她整個人就很絕望。

這種事承受不了的多是女方，季明舒中途一陣還很有骨氣。到後來，骨氣？不存在的。

她沒辦法了，從懺悔小排骨又轉為了訴說自己對岑森無盡的愛意，什麼只喜歡他一個人只愛他一個人之類的說起來毫無心理負擔。

不僅如此，她還瘋狂吐槽周振——

「就他那樣我能和他有點什麼？」

「他沒你高沒你帥沒你有錢還沒你低調奢華有內涵。」

「我圖他什麼圖他能同時跟五個女生聊天看六場哈利波特？」

別說，這招還挺有效，至少岑森忽然就變得溫柔了很多——當然也不排除後繼無力的可能性。

最後快要結束的時候，岑森忽然附在她耳旁，低啞著問了句：「我們生個寶寶，好不好？」

季明舒：「……？」

渣男！我還是個寶寶呢！

×

說實話，季明舒對生小孩這事的確不甚熱衷，今年兩家家長多番明示暗示，她總是撒嬌搪塞。但要說有多排斥那也沒有，她偶爾還會順著雙方家長的示意，對未來有兒有女的美滿生活加以幻想。

之所以進退模糊，可能還是因為她潛意識裡覺得小孩也不是說有就能有，對新生命的到來她也根本沒有太過具體的概念。

半晌沒等到她的回答，岑森又啞著嗓子再問了遍：「我們生個寶寶好嗎。」

季明舒沒力氣說話，聲音嗚咽綿軟，拒絕也不真切。

察覺岑森已經到了，她下意識伸手，去構桌上小盒。

可下一秒，她忽地一怔。

嗯？沒了？

她又倒了倒盒子，可什麼也沒倒出來。

勉強拉開抽屜，裡面竟然也空空蕩蕩。

季明舒這時本來就被岑森弄得反應有點遲鈍，這下更是好半晌都回不過神。當初她在超市錯手抱回來的那一大盒，就這樣用完了？那麼大一盒放在便利商店賣都得賣半個月吧？！

「等……等等……」

她不死心，半撐起身，還想往抽屜深處摸索。

岑森卻已經是箭在弦上不得不發，額角汗珠滾落，眼底沉沉，輕輕一按便將她不盈一握的軟腰給按了下去。

卡——！

金絲雀孵蛋記，正式開始錄製。

✕

次日清晨醒來，季明舒雙目呆滯地望著天花板，望了近五分鐘，眼神游離渙散。

昨晚她又是參加活動又是回家應付岑森的，累得宛如一隻廢雀，按理來說應該一沾枕頭就睡個不省人事，可她總共睡沒幾個小時，這幾個小時裡還在不停做夢。

夢裡她生了個小孩子，也不知道是男是女，長相模模糊糊，從旁人的誇讚中可以推斷出稍有幾分可愛。只不過她生下來的這可愛孩子有點氣人，集聚所有死小孩的壞毛病於一身，頑劣不堪還毫無悔改之意，三分鐘能把人氣暈兩分半。

就在她衣不解帶素面朝天在家帶孩子的時候，忽然又驚聞噩耗——岑森出軌了！

夢裡那種得知岑森出軌晴天霹靂的感覺實在是很難形容，比當初她誤會岑森出軌某張姓十八線時深刻太多。而且這夢還很完整，等她真情實感消化完這一噩耗，又馬不停蹄幫她安排了一場岑森回家攤牌的名場面。

岑森回家攤牌時，穿一絲不苟的名貴西裝，站在客廳連坐都不願意坐，雙手插在口袋，徑直向她提出條件。

其餘條件季明舒也記不得了，只記得岑森說孩子歸他，沒有任何商量餘地。他用的是那種以前很熟悉現在卻很陌生的冷漠口吻，眼神坦然且冰涼。

夢裡她怎樣都無法接受現實，天塌了般，直接進入世界末日。她很沒有尊嚴地問岑森為什麼，岑森也只是一臉不耐，以至於醒來後，她好像都還能感受到夢裡那種傷心絕望和不可置信的意難平。

「怎麼了？」岑森剛醒，見她發怔，下意識便將她抱回懷中，聲音低醇沙啞。

明明只是三個字的簡單詢問，卻又帶著不加掩飾的親暱，和夢裡冷漠絕情的岑氏森森判若兩人。

季明舒找了個舒服的姿勢蜷進他懷裡，冰涼手腳開始回溫，悶悶地咕噥了句：「沒什麼，做噩夢了。」

岑森也沒多問，親了親她的頭髮，「還早，你再睡一會。」

季明舒「嗯」了聲，環在他身上的手臂不自覺收緊了點。可沒過一會，她又忍不住戳著岑森胸膛小聲說：「我夢見我生小孩後，你出軌了。」

岑森稍頓，下意識以為她這是不願意生小孩編出的幼稚藉口，默了兩秒，還是順著她說了句：「那我們不生。」

「我不是這個意思，我是真的做夢了！」季明舒戳得更重了點，解釋道：「我夢見你出軌之後回來找我攤牌，連坐都不願意坐，就站在客廳裡跟我講什麼財產分配，還有孩子必須歸你之類的……」

季明舒不停碎碎念，念到最後還狐疑地猜測了句：「我該不會是有什麼預知未來的能力吧你說，很多小說裡都這麼寫的。」

岑森沉吟片刻，反問：「小說裡不是還寫挖腎挖心抽骨髓嗎。」

季明舒默了幾秒，「好了你別說了。」

這一話題因岑森翻黑歷史被季明舒主動跳過，她有一搭沒一搭說了些別的，手指還在他胸膛上閒閒地畫著圈圈。

忽然，她想起件事，「對了，君逸雅集那個設計稿，結果什麼時候出來？」

岑森：「應該是今天下午，我行程結束得早的話，會去旁聽項目組的比稿。」

季明舒意味深長地「噢」了聲。

岑森不接話，只同樣意味深長地看著她，一副「如果你賄賂我我可以考慮黑箱操作」的樣子。

季明舒稍稍掙扎了下，還是決定牢牢守住自己的節操，推著岑森催他起床。

岑森輕笑了聲，倒也沒糾纏。

到公司後，岑森一切如常，邊喝清咖邊處理堆積如山的文件。只不過處理到一半，他不知想起什麼，忽然摘下眼鏡，拿起眼鏡布慢條斯理擦著，又叫來周佳恆，「請文律師來一趟。」

周佳恆稍頓：「是。」

文律師是岑森的私人律師，只處理他的私人財產問題，一年也難得出現幾次，忽然叫來實在是有點莫名，周佳恆一時竟也猜不透岑森的想法。

半小時後，文律師到達君逸總部六十八樓。

岑森開門見山溫和道：「文律師，我想取消之前和我太太擬的那份婚前協議。」

文律師沒太懂他的意思，遲疑道：「您是想變更一些條款嗎。」

岑森：「不，我是想，讓我太太合法共用我婚前婚後所有財產。」

「……？」

讓太太合法共用婚前婚後所有財產？

文律師聽是聽懂了，但有點不敢相信，滿臉都寫著「您難道是被下蠱了嗎？」

他之前經手過很多身家不菲之人的婚前協議，大家都是想方設法為自己保全最大的利益，包括岑森和季明舒那份婚前協議也是如此，可這樣要求重擬協議把自己的身家往外白送的他還真沒遇見過，實在是有點匪夷所思。

可岑森神色如常，手肘微撐桌面，十指鬆鬆交握，又道：「另外我希望重新擬定一份，如果夫妻雙方在婚後有婚外情相關財產該如何補償分配的協議，比如說如果我有婚外情，那我淨身出戶，類似這樣的條款。」

「……」

這蟲還下得不輕啊。

文律師在心裡捏了把汗，委婉確認了幾遍，得到肯定答覆後，又瞭解記錄了岑森的相關訴求，並一一告知這些訴求可能會帶來的相關後果。

岑森毫不猶豫應聲確認。

文律師雖然琢磨不透岑森到底是怎麼想的，但他只是個律師，也清楚自己沒有立場對當事人的決定多加置喙，於是便按吩咐行事，回去準備合約。

等人走後，岑森一個人坐在辦公室，靠在椅背上回想今早季明舒所說的夢。

其實很多時候他都知道自己做得還不夠好，所以他在想，是不是因為自己做得不夠好，才會讓季明舒時至今日還擔憂他可能會婚內出軌。

但他也沒什麼經驗，不知道自己還應該做些什麼才能給季明舒一份足夠的安全感，思來想去，好像他力所能及的也就只有在物質上給予更多的保障。

周佳恆適時進來送文件，並提醒他今天中午還有應酬，是時候出發了。

他「嗯」了聲，又問：「君逸雅集的客房設計比稿會議是幾點？」

周佳恆看了眼時間安排表，「下午兩點。」

岑森略略點頭，不置可否。

✕

季明舒的設計稿件是直接打包送到君逸雅集專案組負責人的信箱。

負責人原本拿不定主意，不知道該如何對待總裁夫人的這份稿件，總感覺一個不小心就要捲舖蓋走人。

他有意向上面探話，上面也沒人肯給他一個明確答覆，就連周佳恆這小老弟也滿口機鋒，根本搞不明白真實意圖。

他為此著急上火了兩天，臨近比稿，他按捺不住提前看了眼稿件——頓時覺得自己是瞎操心了。

他可真是小看了總裁夫人，就這設計品質，不用他頭禿肯定也能入選。

「……我覺得五十二號『B六一二星球』主題的設計也很不錯，小王子和玫瑰花這個大眾熟知的童話故事首先就做了一個很好的背景鋪陳，設計師給的設計理念也和她給的具體方案、設計背景很貼合，有種非常靈動自然的和諧感。」

「另外從營運角度出發，我們君逸雅集所面對的顧客群體中，有相當一部分是年輕女性，包括之前營運那邊做的網紅飯店推廣擬案，受眾都很明確，那這份稿件，其實有命中我們這一部分顧客群體。」

比稿會上，負責人正在挑選自己比較滿意的設計稿件。

岑森推了飯局後續的高爾夫邀約才能半途趕來，可他表現得彷彿只是路過隨便聽聽般，坐在一旁示意大家繼續，安安靜靜的，由始至終都沒發表自己的意見。

只不過負責人還是細心觀察到，五十二號作品展示3Dmax設計效果圖時，岑森掃了眼，目光便定住了，還幾不可見地露出了些微笑意，負責人頓時心下大定。

第一家君逸雅集目前初步預計配置六十八間套房，走的是個性化高級路線。除卻先前直接定下來的二十三位知名設計師，剩下四十五間客房設計全部出自這次的青年設計師比稿。

比稿中途雖因個人品味不同稍有爭執，但大家最後還是統一了意見。

岑森什麼也沒說，也沒什麼表情，有人還擔心總裁大人對結果不甚滿意，負責人卻很高深莫測地說了句：「你懂什麼。」

另一邊，季明舒記掛著比稿結果，又怕打擾到岑森工作忍著沒問，只能眼巴巴地盯著手機，心想如果通過，專案組那邊肯定會寄信回覆。

可坐等右等她也沒等來信件，心裡不禁有些沒底，就連逛街都沒什麼精神。

蔣純不是很理解她那點身為設計師的氣節，只覺得她作得厲害，還振振有詞勸道：「不就一間客房嘛，他島都買給你了，你態度強硬點非要參與設計他還能不讓你做？你說你矯情什麼，醜就醜點比不過就比不過，大不了那間套房以後不對外開放，以後就作為你這位總裁夫人的私人套房辣你自己眼睛這不就皆大歡喜了？」

「……」季明舒越聽越覺得不對勁，「你會不會說話？」

蔣純滿臉都寫著正直與無辜，還覺得自己說的都是大實話。

季明舒上下打量她兩眼，又停在她手裡吃了一半的肉鬆蛋糕上，鄙視道：「吃都堵不上你的嘴！」

正當蔣純想要反駁，季明舒的手機忽然震了震，是岑森打來的電話。

季明舒比了個噓聲手勢，清清嗓子趕忙接聽，「喂。」

岑森問：「你在哪？」

「我和蔣純在外面逛街，你下班了嗎？那個……那個比稿結果怎麼樣？」季明舒還是沒忍住直奔主題。

岑森已經到家，見她不在才打電話詢問，這時他正翻到自己前兩天沒找到的筆記本，稍稍一頓，應聲道：「我不知道你的設計稿有沒有過。」

季明舒略感失望地「噢」了聲。

岑森垂眸，發現自己筆記最後一行「未盡事宜下次約會以待補充」的下面畫了個箭頭，並多出了兩排小字——

補充1：不要再看4D電影。

補充2：多叫明舒「寶寶」。

他忽地輕笑，又說：「不過有份B六一二星球主題的設計很驚豔，是這次得票率最高的方案。」

季明舒懵了兩秒，確認道：「B六一二星球主題？」

「是我的，那個就是我的！」隨即她也反應過來，聲音欣喜，「你是不是認出來了？你肯定是認出來了！」

岑森默認。

季明舒的風格他的確很熟悉，不管主題如何變換，她的設計他總能一眼認出。

這時聽說自己的方案不僅入選還得票率最高，季明舒開心得都能原地起飛，也顧不上這是在人來人往的商場，顧不上身邊還一隻三天兩頭就要揪她小辮子和她互相傷害的小土鵝，甜言蜜語像不用錢似的瘋狂朝著岑森輸出。

蔣純半咬著肉鬆蛋糕，看向她的眼神有些一言難盡。

還名媛呢，大庭廣眾之下親親老公都喊得出來，害不害臊？

偏偏岑森很吃這套，邊看筆記本上季明舒添的那兩句話，邊聽電話那頭的甜言蜜語，唇角微翹，也不打斷。

一直等季明舒說完，他才接了句：「你在哪家商場，我去接你。」

季明舒報了地址，他「嗯」了聲，要她喝杯咖啡稍等。

臨出門前，他闔上小筆記本，隨手扔進了床邊抽屜。

其實當時在本子上寫完約會安排，他也覺得自己幼稚得稍顯荒唐，就那麼三言兩語，有什麼值得珍而重之。

但他並不否認，那些三言兩語他其實也用了很長時間去排練揣摩。

比如他揣摩了很久，為什麼有時候兩人聊天，聊著聊著季明舒就不願意繼續；為什麼季明舒和自己吃法餐時不情不願，和岑楊吃又氣氛輕鬆。

有些事情原以為只是不必多想的細枝末節，可他比自己想像中更為在意。

在短暫驚喜過後，季明舒又生出了多餘的擔憂，見到岑森便不停追問得票最高的作品細節，以免是和其他設計師撞腦洞鬧了大烏龍，一直到君逸雅集專案組的負責人和她聯繫，她才算是徹底確信。

作品雖然入選，但並不代表季明舒可以無事一身輕。

簽完合約後，她要根據飯店實際情況對設計圖加以修正，即時跟進訂製傢俱的完成進度等等，一時也忙碌非常。

尤其涉及特殊工藝和特殊材質，真要完全按照設計圖付諸實際，就得滿世界飛。

日子在一天天的平靜與忙碌中悄然流逝，不知不覺，平城也由春入夏。

六月，季明舒去大阪拜訪某位木雕工藝大師，順道轉至東京幫某位圈中塑膠姐妹花的畫展捧場。

回程在成田機場候機，她還去免稅店幫岑森挑了支領帶夾。

好巧不巧，這支領帶夾正是去年她在巴黎看秀時準備買給岑森，後因岑森嘴賤氣得直接放下的那一支。

她拍了張照傳給岑森，問：【喜歡嗎？】

岑森：【喜歡。】

季明舒笑咪咪地刷了卡，反正配飾也沒什麼過不過季的說法，而且這個渾身上下都寫滿了年代感的老古董根本分不清過不過季。

消費完金錢也還沒到登機時間，季明舒坐在休息室裡優雅地翹著腿，滑了一下社群。

社群這東西她只愛看不愛發，上一則還是當初正面對嗆李文音時寫下的小作文。底下高讚數留言早已換了一輪，現在基本固定為：「坐等總裁夫人營業」、「給我一張總裁正臉我能P出1G甜糖」、「這是什麼暴躁的完美女人」等等。

其實吃瓜熱度早已退卻，她的關注增長速度也已降低很多，但陸陸續續地，還是有看了《設計家》重新上架版本的觀眾循跡而來，傳私訊表達對她的鼓勵和喜歡。

她沒事就翻翻，還會真情實感地回訊息。

這時她打開社群也是照例看訊息回私訊，可點進陌生訊息，她忽然發現其中一則來自某認證官方社群帳號，格外引人矚目。

沒點開的時候，季明舒下意識以為終於有人找她打廣告了。可點開一看，她才發現這是一檔紀錄片節目的錄製邀請。

【季小姐您好，我是《舊景》節目的總製片，我們節目計畫於今年拍攝一部老國宅保護性改造的公益紀錄片，我本人很喜歡您在《設計家》這檔節目中提出的改造方案，所以希望

可以邀請您參與設計，盼早日回覆。】

季明舒怔了怔。

又是改造節目？

她可真是上怕了。

她下意識便寫出了一串婉拒說辭，可目光落在「老國宅保護性改造」還有「公益紀錄片」這兩個關鍵字上，又莫名有點猶豫。

先問問吧。

問問也不吃虧。

抱著這種想法季明舒加了製片，趁著候機聊了幾句。

這製片也是很真誠，分分鐘洞悉季明舒的種種顧慮。

上熱搜？不存在，我們這紀錄片題材冷門，不會請明星，大概也沒什麼人看。

改造設計不一定適合人住？不存在，我們改造的最終目的是希望將上世紀的滬上風情和現代設計結合，作為保護性建築對外開放展出，不給人住。

總之這就是一個公益性質的設計專案，不需要有任何顧慮。

季明舒也是耳根子軟，一聽就覺得，好像可以試試？

她將聊天紀錄截圖傳給岑森，想請岑森給點參考意見。只不過她還沒等到岑森回覆，就已到了登機時間。

×

東京回平城實際飛行不過兩三個小時，季明舒非常勤儉持家地選擇了商務艙。

上了飛機，她調整座椅，在身上蓋了塊毛毯，然後舒舒服服抄起報紙裝起了商務人士。

她看報紙基本只看財經版，一目十行找岑氏集團和季氏集團的相關新聞。

這時找了半天也沒找到，她已經準備放棄，可翻頁時忽然看到一則「博瑞重回A股失敗，新能源開發業務阻力重重」的新聞，她又停了停。

她對博瑞不瞭解也不關心，注意到這則新聞純粹是因為它副標題裡提到了「海川資本」。

如果沒記錯的話，岑楊就是海川資本大中華區的負責人。

不知怎地，她直覺這事可能和之前岑楊截胡岑森投資的事情有關，於是耐著性子仔仔細細看了一遍報導。

金融相關詞彙季明舒半懂不懂，看下來她自己總結的大意就是：

博瑞內部矛盾積深，資本重組失敗，結局不容樂觀，很大機率會被吞併收購。

作為博瑞資方，海川資本在其間有多處決策失誤，以致損失慘重，大中華區負責人近日已引咎辭職。

另外報導中有提，精誠資本意欲低價收購博瑞——精誠資本，和岑氏沒有半毛錢的從屬關係，但這好像是岑森和江徹合夥開的公司。

季明舒懵了懵，忽然間好像明白了什麼。

✕

下飛機，季明舒切換模式，第一時間便收到了岑森關於那檔紀錄片節目提出的意見。他像寫議論文似的先提出論點——可以參加，然後拿出正反多方面的論據進行論證。

季明舒只瞥一眼便徑直撥了電話給司機，「你好，請問到機場了嗎？」

不知怎地，司機應聲應得有點含糊，「啊！到……到了！夫人請稍等。」

過了近半分鐘他才回話，「夫人，車就停在國際出發二號出口的外面，請問您是從哪個出口出來？」

季明舒抬眼往後看，正是國際出發二號出口，「噢，就停那吧，我馬上出來。」

她的大件行李照舊已經空運回國，這時她單手插在綢質風衣的口袋裡，戴黑色大墨鏡，另一隻手推了個輕輕巧巧的行李箱，頗有幾分明星風采。

只不過她心裡記掛著剛剛在飛機上看到的新聞，有點心不在焉，走得也快。看到熟悉車牌打著雙閃在停車道旁等待，季明舒心底閃過一絲怪異，但沒來得及細想，她的動作已經先於大腦，拉開車門坐進了後座。

坐下後她終於想起哪裡奇怪了。

這司機怎麼不幫她提行李？這司機怎麼不幫她開車門？這司機到底想不想幹了？他——

季明舒不期然對上後視鏡裡那雙熟悉的眼睛，心跳漏了一拍。

緊接著她往前探了探小腦袋，撒嬌般打了兩下司機的手臂，又箍住他脖子，「你怎麼來了，你不是說今天要出差嗎？」

岑森一手搭著方向盤，一手握住她細白的手腕，沉吟片刻，認真道：「聽說這叫驚喜。」

說完，他還變魔術似的變出了一束玫瑰花。

季明舒本來還繃住了高冷臉，可看到這花，無論如何也繃不住了，三兩下便打開車門坐進了副駕，然後抱著小玫瑰深深吸了口氣，緊接著，她又湊上去親了下岑森的側臉，「表現不錯！」

岑森面色平靜，對她的親吻好像沒有什麼特別反應，只說路邊不能久停，而後又傾身，幫她繫安全帶。

兩人距離倏然拉近。

季明舒身上有很淡的香水味道，可能是出門時噴的，這時只餘柑橘後調。

不過短短一週沒見，岑森發現，自己比想像中還要想念這隻短暫出籠的小金絲雀，雖然每天都會視訊，但那和躺在身邊真真實實的感覺是完全不一樣的。

繫好安全帶後，他也沒有起身，單手撐著她的椅側，視線落在她只擦了唇膏的唇瓣上，喉結微動，不自覺靠近。

這，這是要接吻嗎。

可外面還那麼多人呢，

幾天不見季明舒還有點不好意思，耳根泛紅，眼睫微微顫動，而後又慢慢閉上。

一秒，兩秒，三秒，她終於感受到了岑森的溫熱呼吸，忍不住稍稍往前，想拉近點距離。

可沒想到她往前的力道沒控制好，直接撞上了他的唇。

空氣一瞬寂靜。

岑森依舊保持著幾公分的短暫距離，未動分毫，只忽地輕笑，「看不出來，我太太這麼想我。」

第二十章

想不想很難說，親親未遂所導致的羞惱倒是事實。

回程一路，季明舒賭氣地看著窗外，不理岑森。岑森幾度挑起話題，她都忍著沒接，只在心底默默反駁。

可岑森途中接了個江徹打來的電話，還沒避開她，直接用藍牙擴音。

她豎起耳朵聽了聽。雖然兩人隻字未提岑楊，但她還是聽到了熟悉的「博瑞」和「海川」。

岑森通完電話，季明舒忍不住先開了口：「我在飛機上看了財經報紙，報紙上說精誠資本有意收購博瑞，精誠資本是你和江徹合夥的吧？」

「嗯。」

季明舒又問：「那收購……你們是不是計畫很久了？」

前方是機場高速收費站出口，幾輛車在排隊，岑森放慢車速，似是思忖，「也沒有很久，去年我回國的時候才有計劃。」

這還不久？

「那……那上次岑楊截胡那個十億投資，是不是也在你計畫之中？」

其實坐飛機的時候，季明舒就一直在想這個問題。以前她總聽人說岑森手段了得能力卓群，難道就是卓群在被一個剛回國的人截胡之後瘋狂收拾爛攤子？回過頭仔細想想，這很不合理。

就在季明舒腦補岑森掌控全場將所有人玩弄於股掌之中的時候，岑森卻潑來一瓢冷水，「不在。」

「……」

打擾了。

岑森慢條斯理補充：「他還不值得我計畫。」

說這句話的時候，他直視前方，神色疏淡，側面輪廓線條流暢俐落，明明只是正常的開車坐姿，卻莫名給人一種穩操勝券的沉穩質感。

季明舒轉頭看了他一眼，卻不合時宜地被酥了幾秒。手指撥弄花瓣，心底小鹿亂撞。好半晌她才回神，若無其事地看向窗外。從車窗瞄到岑森在認真開車，她又默默掏出手機，在鍵盤上飛速敲出一行字，嘴角還不自覺往上翹。

季明舒：【嗚嗚嗚，我家岑氏森森 man 起來就沒有其他人什麼事了！】

蔣純：【？】

蔣純：【未在指定時間指定地點隨意投放狗糧，紅牌警告一次。】

谷開陽：【季氏舒舒你變了。】

谷開陽：【你以前還三天兩頭辱罵他來著。】

蔣純：【因為她現在已經變異成了岑氏舒舒！】

季明舒：【……】

季明舒：【我幫你們兩人帶了禮物，你們兩人想清楚。】

【蔣純收回了一則訊息】×二

【谷開陽收回了一則訊息】×二

人間真實。

季明舒並沒察覺她聊天的這幾分鐘裡，岑森已經轉頭看了她三次。

路口停車等紅綠燈，岑森忽然慢聲問道：「你在和岑楊聊天嗎。」

「？」

「你在想什麼？」

季明舒滿腦子問號，想都沒想便大大方方給岑森看聊天對話。

岑森還真看了眼，且在季明舒沒有反應過來的時候，伸手往上滑了滑。

【嗚嗚嗚，我家岑氏森森 man 起來就沒有其他人什麼事了！】

看到這句，岑森很輕地挑了下眉，又略略點頭，繼續開車。

……？

季明舒懵了懵，硬是從他沒有表情的臉上看出了一種名為愉悅的情緒。

小別勝新婚。這夜，明水公館的燈亮了整晚。

季明舒全方位地體驗了一把什麼叫man，次日醒來躺在床上，整個人特別安詳，且厭世。

以前岑森起床還會清理一下垃圾，但自從說起生寶寶的事情過後，家裡也就根本沒再添置這種註定成為垃圾的生育計畫用品了。

只不過寶寶好像沒那麼容易一擊即來，季明舒這一兩個月例假都來得很準時。

季明舒心底都已經對自己的體質有些小小疑慮了，可岑森看起來一點都不急。

這直接導致了季明舒高度懷疑——他根本不是想要寶寶，只是想要自己舒坦而已。

她的懷疑也不是沒有證據，不做措施之後，這臭男人的運動熱情和運動持久力直接提升一個檔次。

一大早看到岑森從浴室出來，穿規整的白襯衫西裝，領帶也繫得一絲不苟，側邊還別上了她送的領帶夾，十足的斯文矜貴模樣，她忍不住罵了句：「衣冠禽獸！」

岑森聞言回頭，走到床邊幫她蓋好被子，又攏了攏她凌亂的長髮，在她唇上親了一口，坦然承認：「嗯，現在是衣冠。」

——晚上再禽獸。

季明舒沒忍住踹了他一腳。

「別亂動，剛幫你塗了藥。」

岑森捉住她的腳踝，自然得像是在閒話家常。

季明舒氣得半晌沒說出話。

好在岑森還懂得見好就收，「我去公司了，你今天在家好好休息。」

起身之後，他好像想起什麼，又傾身，附在季明舒耳邊喊了兩個字。

「寶寶。」

他倒很會抓重點，季明舒一聽，還沒累積足夠的氣分秒消散，彆彆扭扭的，竟然還主動摟住他的脖子給了他一個親親。

✕

雖然岑森囑咐她在家好好休息，但季明舒一想起手上那些忙不完的設計工作就閒不下來。而且昨晚吃飯時，她和岑森好好聊了聊那檔紀錄片節目，深思熟慮過後，她還是給了製片一個肯定的答覆。

節目最終定名為《舊街印象》，最後會以旁白解說的紀錄片模式播出，設計師除了為改造項目做介紹，出鏡頻率不會太高。

這和《設計家》就有本質上的不同，《設計家》其實是錄製大過設計，而這檔節目是設計大過錄製。

六月底七月初，君逸集團旗下的設計師品牌飯店君逸雅集主體大樓竣工，裝修工程正式開始。

這一階段設計師們並不需要親力親為，時間允許可以時不時過去看一眼現場指點，如果時間不允許，遠端盯梢也沒有什麼問題。

季明舒的時間不是很允許，因為她又已經全身心地投入到了《舊街印象》這一新項目的挑戰。

其實起初季明舒聽製片說他們要還原滬上風情，還以為改造地點需要出差到滬，沒想到原來是在平城的滬街。

滬街大隱隱於市，地理位置優越，但由於種種歷史原因，這邊既難做到完全動遷，也未得到很好的建築保護。

他們要進行保護性改造的老國宅是滬街為數不多已經動遷的一棟，三層小洋樓，破敗外表也難掩舊時的民國風情。

這次改造是內外雙管齊下，外部以修復為主，因涉及牆體構造等專業問題，製片方請到了業內知名的建築設計師。

內部改造則是由季明舒和另外幾位室內設計師再加上建築師配合完成。

最初製片方預估的改造時間是兩個月，但他們大大低估了改造的難度。而且——這製片方也有點想一齣是一齣，原本說得好好的，改造無人居住的老國宅用以展出，可製片和編劇忽然來了句：「不夠溫情，不夠人性。」

於是他們一拍腦袋，又決定把這棟老國宅旁邊那棟住滿老弱病殘的也一併包了。

季明舒剛得知這消息時，心裡是萬駝狂奔並打算直接丟擔子，誰愛做誰去做好了，但製片大人曉之以理動之以情，她最後竟然就稀裡糊塗地答應了。

由於臨時加重任務，大家一整個夏天都耗在這個項目上，也不過堪堪完成三分之二。

到秋末項目正式完成的時候，季明舒感覺自己整個人也被完完整整改造了一遍。

沒人住的那棟改起來還好，有人住的那棟真是令人萬分頭疼，她每天好像都能聽到一萬隻雞鴨鵝嘰嘰喳喳，一夜夢回小農時代。

住戶們不願拆除自己搭建的違規建築，因為半坪共用地爭得面紅耳赤等等，這都和季明舒一直以來的生活分屬兩個世界。

她以前只聽過貧窮限制人的想像力，現在才發現其實富有也會限制人的想像力。

不得不承認，這項臨時增加的改造計畫精準戳中了她的弱點，她真的不太擅長去設身處地讓設計貼近生活。不過再艱難，最後一切還是得到一個圓滿的收尾，拍攝結束時，季明舒還莫名多出了很多從前沒有的感悟。

✕

改造延期帶來了不少後續問題，比如電視臺給的播出檔期不能換。沒辦法，後期製作只能玩命開趕，改造竣工後的一週，宣傳影片就已上線。

季明舒悄無聲息分享了官方社群帳號的宣傳影片，本來以為是走個過場形式，沒想到沉寂大半年之後突然詐屍，她的人氣數據依舊非常可觀。

主要是她這波詐屍太過剛好，最近有一個三不五時錄影片曬包曬錶曬衣帽間的知名白富美部落客被扒皮，劇情一而再再而三地反轉，從社群到各大論壇，轟轟烈烈鬧了三天。

起因是該白富美部落客開箱某只限量版包包的時候，充當背景板的另一只經典款包包被一位小粉絲質疑花紋不對，結果小粉絲被其他死忠粉群毆。

該小粉絲憤憤不平，硬是找出了該只經典款不對勁的種種證據投稿到了相關的樹洞帳號那裡。

白富美部落客背假貨的事情就此鬧開，該部落客推鍋說這包是朋友送的，還在小帳直接爆料送禮者是某位已經從網路隱退的塑膠姐妹花。

姐妹花脾氣爆，隱退了還被她炸出來，澄清完自己沒送假貨，還用本帳炮轟這白富美學歷造假，是富商的小情婦，直接引爆了路人扒皮粉絲護主這場長達三天跌宕起伏的連續劇。

季明舒不知道也不關心這種和自己八竿子都打不到一塊的破事，但吃瓜群眾可以一竿子就將她們打到一塊！

【網路上這些立白富美人設的，我只認總裁夫人。】

【假白富美天天曬包曬錶曬衣帽間，真白富美卻在做公益改造。】

【以後請不要什麼三百八十線周邊野雞都吹白富美了好嗎，總裁夫人還沒吹，請安靜關麥。】

【不是同個等級，登月碰瓷了。】

和那位被扒皮的白富美部落客不合的其他部落客也紛紛爆料：

【總裁夫人有七百多個愛馬仕，怎麼可能為了一個凱莉包拍開箱。】

季明舒莫名其妙收穫一波熱度，還收穫了近千人想看七百多只愛馬仕的「血書」，有點懵，還是靠蔣純講解她才勉強搞懂事情的來龍去脈。

谷開陽這種做雜誌媒體的就是很會抓熱點，「你可以出一支影片隨便拍拍嘛，你錄的那個紀錄片節目不是要播了？順帶可以宣傳一下。」

季明舒也不知道谷開陽怎麼能想到出一支影片實名制炫富這種冠絕古今的餿主意，她光是想想都覺得要窒息了。

不過谷開陽的話也不是完全沒有可取之處，比如說宣傳紀錄片就很可以。

她倒不是想大紅大紫走上人生巔峰，只不過這次拍攝足足花了四五個月，辛苦做出來的東西如果沒人看沒人關注的話，心裡難免會有些失落。

於是她休養兩天後，便錄了一支影片。

「其實我一直以來都非常不擅長家居設計，這次也是到拍攝開始我才得知計畫有變，會增加居民樓房的改造設計。一開始還挺沮喪的，因為很多時候我都不太懂得居住者的真正需求，甚至我一直都認為自己不擅長，那就不需要去懂得這一部分。」

「但在這次改造中遇到很多讓我比較有感觸的事情，比如有一戶女主人腿腳不便，還有一戶家裡老人得了阿爾茲海默症，室設在這種時候就是要完全為屋主的日常生活服務。並不是有藝術感才叫室內設計，有溫度的生活也是一種室內設計。」

……

這支影片只有短短的三分四十秒，但很有層次地分為了三個部分。

一部分是季明舒對保護性改造的設計心得，一部分是對居民樓房改造的一些體悟，還有一部分是實打實地為紀錄片進行宣傳。

她還滿會物盡其用，最後還提了一下年底試營業的君逸雅集也有她的設計作品。

怕沒人看，季明舒聽谷開陽的建議，搞了個分享抽獎。

她不太懂抽獎行情，生怕抽少了顯寒酸，想了想便發：【分享抽一位送鉑金包，抽十位清空購物車，抽一百位送五千元紅包。】

谷開陽看到她不聲不響發出來的動態，忽然傳來一排問號給她：【姐妹，是不是太豪了？】

季明舒：【……有嗎？】

更豪的還在後面，君逸官方社群帳號第一時間分享，加抽一位，可終生免費入住君逸旗下任意飯店。

底下留言瞬間爆發。

【四捨五入等於送了一間房啊。】

【君逸水雲間私湯套房一晚四萬五，你家一晚值這個價格？】

【官方社群帳號到底是什麼馬屁精轉世，是總裁本人在用嗎？】

季明舒覺得大家的關注點有點跑偏了，尤其一些小妹妹年紀小禁不住物質誘惑，傳私訊給她說什麼希望過上和她一樣的生活，言語間不乏想用年輕身體換取一些物質滿足的想法。

收到這樣的私訊，她趕忙阻止勸解，並發動態表示，希望以後大家不要過多關注她的私生活，社群她只會用來交流一些室內設計上的問題。

另外她還說了些自己很不希望給年輕女孩帶來不好的物質導向的心裡話，希望大家力所能及，不要盲目追求能力範圍之外的非必需品。

這番發言出自真心，也博得了大多數人的好感。

話說回來，由於分享量驚人，季明舒這支宣傳影片很快便被推至熱門，分享迅速破萬。《舊街印象》的相關工作人員滑到這則動態，眼前以二倍速全螢幕覆蓋模式飄過一排彈幕：嗚嗚嗚活蹦亂跳的經費在燃燒啊快救救孩子！

美術後期等雄赳赳氣昂昂地衝進辦公室質問製片，為什麼要把經費花在這種刀背上！

製片懵了懵，隨即否認三連：我沒給我無辜我們哪有這個經費？

大家冷靜下來一想，好像還真沒有。

所以這宣傳是設計師本人弄的？倒也不是不可能，畢竟眾所周知這設計師是君逸的總裁夫人。

總裁夫人如此熱愛藝術，RESPECT。

其他工作人員很快便心安理得地接受了這個設定並為這從天而降的熱度感到歡喜雀躍，但製片還是有點無法相信，為此他專程打了通電話給季明舒進行確認。

因為他實在不能理解，季明舒這個錄製費、設計費還有具體條款都要派律師反覆拉扯四五遍才能勉強搞定、生怕製片方佔她一毛錢便宜的雞毛設計師為什麼會願意在拍攝結束後大愛無私割腕放血，這簡直都可以列入年度迷惑行為大賞了。

打電話時，製片委婉表述了自己的困惑，季明舒也委婉給出了回答。

製片領悟能力還可以，季明舒的話如果說得直白點大概就是：那點錄製費、設計費我根本就不在意，我在意的是我的身價，抽獎都不夠用，你以為我稀罕你們給的那幾個臭錢？至於宣傳，我有錢我樂意。

總裁夫人如此熱愛藝術，RESPECT。

×

在古代，重賞之下必有勇夫。在二十一世紀，重獎之下必有熱度。

季明舒這則宣傳貼文的分享從破萬到破十萬用了不到半天功夫，而且還朝著二十萬一路狂奔，底下留言也在飛速增長。

【會動的總裁夫人！】

【美顏警告！】

【嗚嗚嗚不就是紀錄片！我看不就行了！蹲守總裁夫人下次營業！（委屈巴巴.jpg）】

【一個女人，擁有了美貌和智慧，她竟然還擁有金錢！】

【你錯了，她還擁有一個二十四孝的總裁老公。】

季明舒雖然不是明星網紅，但自帶話題體質，大半年才發這麼一則動態，不僅被翻來覆去分享，還在各大論壇掀起了一陣關於白富美的討論。

而且還有知情人憋不住爆料：季明舒真的是個超級大富婆！

社群那支短短三分多鐘的影片，粗糙點的自己架個手機支架就能拍了，精緻點的也就多買個環形燈。可我們總裁夫人硬是請了一支十幾個人的拍攝團隊，妝髮打光角度剪輯一條龍，每一秒出鏡都真真正正做到了從頭髮絲精緻到腳趾甲。

吃瓜群眾捂著心臟表示：我以後再也不說我是一個精緻的豬豬女孩了，我不配！

季明舒其實只是照自己心意發個節目宣傳的動態，也沒想到威力這麼猛，熱度足足持續了兩三天。

到週末熱度好不容易有降下去的趨勢，可不知是誰忽然爆了張岑森前段時間參加某金融資管高峰論壇的照片。

照片中岑森坐第一排，穿量身裁訂的正裝，戴金色細邊眼鏡，眼神沉靜疏離。他雙腿交疊，靠著椅背，菁英氣質十足，矜貴清冷似乎也要溢出螢幕。

【很好！這個總裁我認了！從此我看的霸道總裁愛上我小說都有了臉！】

【這對夫婦到底是什麼神仙顏值？嗚嗚嗚霸總夫婦未免也好嗑了！】

【說真的霸總夫婦直接CP出道好嗎？這臉這氣質這身材不出道簡直就是暴殄天物！】

還有人翻出季明舒除夕夜曬恩愛發的那則動態，將她當時配的那張兩人手握仙女棒照片和這張爆出來的單人正面照放在一起，來來回回洗腦——

【快看我們總裁大人！開會時一臉冷漠，回家寵妻就雙手交握點燃仙女棒！是糖啊姐妹們！！！】

更有甚者將他開會的照片做成了貼圖：【請你立即關麥，我要回家陪老婆放煙火.jpg】

一時間，各大論壇都充斥著煙火警告。

這張正面照片爆出得太過突然，沒有透過自媒體而是在論壇發文，岑森知道的時候已經在網路上傳開了。

其實他不大喜歡在公眾面前曝光私人訊息，不過照片流都流出來了，也沒法多加追究。

季明舒倒是覺得沒什麼，反正他這老古董不怎麼上網，看不到也就眼不見心不煩了。

事實上季明舒對岑森的古董程度實在是有些先入為主的誤會。

岑森雖然對社交媒體不甚熱衷，但他對網路動態並非一無所知。君逸官方社群帳號能在第一時間為季明舒的抽獎加碼，就是經過了他的首肯。而且這幾天他也看了季明舒的社群，還仔細看了動態底下的留言。

其中有一則按讚數沒有很高的留言還引起了他的注意：【為什麼總裁夫人的動態數量和實際能看到的動態數量不一樣呀？】

底下有人回覆：【那是因為她將部分動態設定成「僅好友可見」或者是「僅本人可見」。】

這是一個新知識，岑森默默記住了。

✕

話說回來，季明舒這波宣傳效果十分顯著，原本查無此片的《舊街印象》吸來了一大批年輕觀眾。

大家原本只是想嗑嗑節目裡季明舒的神顏，可一集下來，大家發現這紀錄片的內容也不是那麼乏味。而且季明舒在室內設計這一專業領域，還真不是隨便糊弄裝模作樣的花瓶。

通過節目就可以看出，她真的很有想法也很有主見，最難能可貴的是她從《設計家》到這檔紀錄片，還學會了為別人考慮。

《設計家》裡，季明舒完全佔主導地位，對待組員非常強勢。

在這檔節目裡，她也是改造設計的主導者，其他幾位設計師個性不如她外放，會不自覺被她帶著往前走。但每到這種時候，她就會停下來切換角色做傾聽者，諮詢其他人的意見。不得不承認，這一點很拉好感。

節目首播連放兩集，如果說第一集的內容還比較硬，很多人吃不下，那第二集的內容就比較生活化了，因為第二集播的是居民樓房改造。

這集一開始就是滬街鄰里居民們買菜殺價打麻將的生活實錄，進入改造主題後，還有非常瑣碎現實的矛盾。

大媽大爺們為了半坪的公共用地改造用途爭得面紅耳赤。且他們爭論起來還很有思辨性，各執一詞互不相讓。

季明舒這室內設計師站在角落半晌都插不上話，滿臉都寫著弱小可憐又無助。

彈幕在這一段裡迅速激增：

【總裁夫人為什麼突然可愛哈哈哈哈！】

【我發現了，這其實是一個冷幽默紀錄片。（doge 貼圖）】

【總裁夫人：我有點懵，我是誰我在哪我做錯了什麼？】

【總裁夫人：各位大媽大爺別吵了，這半坪我買了！！】

首播結束，節目頗受好評，播放率和討論度也比製片方預期的要高很多。而季明舒再次原地吸粉，粉絲默默來到了三百萬。

×

與此同時，谷開陽參加的那檔素人戀愛網路綜藝也已經播出到了第三週。

戀愛節目自然比紀錄片什麼的更有話題可供討論，第一集播出後網路熱度就很不錯。

在前兩週播出的節目中，谷開陽既沒有受男嘉賓喜愛，也沒有很受觀眾歡迎。

因為谷開陽話不多，很多時候都是默不作聲暗中觀察，其他幾位女嘉賓都會對中意的男生或明或暗表露點意思，可她表現出來的完全就是一種「我不需要男朋友」、「我一個都沒看上」的路人甲狀態。

但最新的第三集節目播出了職業背景公開的環節過後，谷開陽的形象瞬間就來了個一百八十度的大反轉。

這位不聲不響的路人小姐姐竟然是《零度》雜誌的副主編！

還有人發現了花絮彩蛋裡的小驚喜，下一期男四號即將出場，似乎與谷開陽有感情線。

網路上大家深扒蛛絲馬跡，樂此不疲討論細節，可節目進度其實遠遠落後於現實進度。

在錄製結束的時候，谷開陽並沒有成功牽手，她拒絕了周佳恆最後的告白。

當然實際情況並非如此——

事實上，谷開陽對新加入進來的男四老熟人周佳恆還挺有好感。只不過周佳恆對谷開陽並不來電。

周佳恆喜歡那種溫柔嬌小的女孩子，谷開陽這種獨立自強的職場女強人和他的擇偶路線完全背道而馳。可以做朋友，但做不成戀人。

至於節目最後的男方告白女方拒絕，也只是為了保全女方面子，和節目組提前商定的劇本。

節目結束後，谷開陽還為此情緒低落了幾天。

蔣純很不能理解：【為什麼要按劇本走？他告白你就接受啊！整懵他！！！】

谷開陽：【？】

谷開陽：【姐妹，太粗暴了。】

季明舒和蔣純一樣也很不能理解，她的閨蜜就是這世界上最好的女人！怎麼會有男人對她不來電？！尤其這人還是周佳恆！她想不通，心裡暗地裡計畫要去公司找他麻煩。

谷開陽簡直就是她心底蛔蟲，沒等她有動作，便直言不讓她對周佳恆公報私仇，說什麼感情的事情本來就不能勉強之類的。

季明舒意難平，不能找周佳恆麻煩，就只好找岑森麻煩。

岑森並不知道周佳恆和谷開陽的進展，莫名被挑了兩天刺，還以為季明舒例假快來了心情不好。

季明舒的例假總能拖拉個一週，想到一週不能近身，岑森便在例假之前提前預支了夫妻生活。

自己挖了個坑把自己給活埋了，季明舒覺得自己也是很棒棒。

早上起床，她渾身無力，岑森都做好了早餐，她還處於癱瘓狀態，刷牙洗臉穿衣服全都要他伺候。

就連下樓吃早餐，她也慣性撒嬌要抱抱。

反正都已經黏糊到這一步了，她也不介意更黏糊點，早餐全程都坐在岑森身上，邊玩手機邊讓岑森投餵。

原本吃得好好的，岑森似乎也很享受投餵過程，可季明舒喝了口純牛奶後忽然感覺有點不適，那股淡淡的奶腥味在一瞬間攪得她胃裡翻江倒海，她半句解釋都沒有，放下手機匆匆落地，直接衝進了洗手間。

岑森沒有多想，還以為她拉肚子。餘光瞥見她留在桌上的手機，拿起來看了眼。

這時季明舒的手機正停在自己的社群介面，可以看到她剛剛發了一則僅本人可見的新動態。

【好喜歡我的老公！好喜歡他抱我！（害羞）】

岑森稍頓，想起了之前在她留言裡看過的疑問還有自己記下的新知識，下意識便往下翻了翻。

【大豬頭怎麼可以不喜歡我們家咕咕！生氣！物以類聚所以岑氏森森也是個大豬頭！】

【哎，我為什麼還沒有懷上寶寶呢？】

【出差第三天，想他想他想他……】

【有時候覺得自己很幸運，希望我們可以一直一直在一起！】

……

最早一則僅本人可見的私密動態可以追溯到過年表白的時候，緊挨著的是她那則對外公開略顯克制的除夕夜曬恩愛。

【啊啊啊啊他說喜歡我了！這一定是我這輩子最開心的一天！我季氏舒舒一定是世界上最幸福的小仙女！！！】

看到這，岑森笑了下。

大概過了半分鐘，岑森才發現浴室方向傳來的聲音不大對勁，他放下手機走近。

可沒等他抬手，季明舒就臉色慘白地推開了門。

洗手臺水聲嘩嘩，她一隻手還撐在臺邊，虛弱得彷彿隨時都能原地去世。

岑森上前將她摟入懷中，沉聲問：「不舒服嗎，我帶你去醫院檢查一下。」

季明舒順勢靠進他懷裡，細白手臂鬆鬆地環在他腰間，聲音悶沉，「不用，是那個牛奶，味道太重了，早上喝起來好難受。」

岑森輕輕撫著她薄瘦背脊，腦海中有個念頭倏忽閃過，但他瞭解不多，不能確定，也就沒有隨便開口。

相較而言女人對嘔吐就要敏感許多，尤其季明舒還默默焦慮了好長一段時間自己為什麼沒有懷孕，所以在噁心反胃的第一時間她就想到了孕吐。

可她知道如果這時說出這一猜測的話，岑森肯定會陪她去醫院檢查。他今天要談南灣項目的新投資，要是因為這件事放鴿子又吹了怎麼辦。

而且她對自己的猜測很沒信心，要知道當初節食量倒她還以為自己得了不治之症呢，說不定只是腸胃不適什麼的，小題大做鬧出烏龍多尷尬。

這麼一想，季明舒又故意窩在岑森懷裡，撒嬌抱怨道：「明天早餐我不要喝牛奶了，就喝果汁或者咖啡，純牛奶那個味道真的特別膩。我上高中的時候有次升旗前喝了杯純牛奶，也是噁心到不行，升旗還沒結束我就去洗手間吐了。」

她都說到這個份上了，岑森更加不好說出自己的猜測。

若無其事揭過這頁，目送岑森出門上班，季明舒一顆小心臟砰砰亂跳，她倚著門板做賊似地往姐妹群組裡傳了句——

【姐妹們，你們可能要喜當乾媽了。】

谷開陽和蔣純還沒來得及驚訝，她又解釋：【當然也不一定，就是我今早喝牛奶覺得奶腥味好重，有點反胃，然後吐了一次。】

谷開陽：【嗯……是正常的牛奶嗎？】

季明舒：【……？】

季明舒：【本總裁夫人難道已經摳門到要喝變質牛奶了？你以為本夫人是你們雜誌那個周扒皮老闆？】

谷開陽：【我不是那個意思。】

谷開陽：【奶腥味什麼的，實在是很容易讓人多想你知道吧。】

季明舒最近純潔得有點過分，谷開陽暗示到這個地步她才恍然大悟。

季明舒：【我不知道，請你閉嘴。】

季明舒：【色情網友，檢舉了。】

蔣純原本是一隻單純無害懵懂無知的小土鵝，可在這群組裡待久了，深受她們兩人汙化，現如今面對這種等級的對話也早已波瀾不驚了，甚至她還擺出了專業婦科醫生的架勢，認真詢問起了季明舒近期的身體狀況還有床上運動頻率。

季明舒回答得模模糊糊，末了還扭捏道：【可能只是腸胃不適也說不定。】

婦科醫生小土鵝一槌定音：【什麼腸胃不適，你這八成就是懷孕。難不成你以為自己是

嬰兒啊，還會無緣無故吐奶。】

谷開陽：【她可能以為自己能萌吐奶。】

季明舒：【@谷開陽】

季明舒：【閉嘴警告第二次！】

三人偏離主題鬥了會兒嘴，很快又回到孕吐這一主題，蔣純和谷開陽都認為她是懷孕了，勸她去醫院做個檢查，再不然先買根驗孕棒試試也可以。

季明舒覺得去醫院還是得要岑森陪，買驗孕棒試試這一方案倒還可行。

她想了想，上樓換了套衣服，又戴上墨鏡，鬼鬼祟祟出門。

許是季明舒的離家出走為司機大叔留下過深重陰影，見她戴著墨鏡、神色略顯緊張，司機大叔也不自覺地跟著緊張起來，途中還不停套話問她去哪裡、去幹嘛。

季明舒當然不可能實話實說，答得囫圇敷衍。

司機大叔越發覺得總裁夫人恐怕又要作怪，將人送達商場，他馬不停蹄打了通電話給周佳恆報備。

周佳恆聽到這消息略略皺眉，「保鏢呢。」

司機答：「他們跟著夫人進商場了，就是不知道跟不跟得住。」

周佳恆聽到有保鏢暗中保護，還是放心不少，「知道了，有什麼情況隨時向我匯報。」

他正要陪岑森去見城西池家那位炒了多年不爭不搶人設，卻忽然奪權改弦更張的池禮池二公子。

池禮不是個簡單角色，周佳恆早知岑森與這人有些私交，但不太清楚交情深淺，所以這時也拿不定主意，不知道該不該和岑森提起季明舒的事。

萬一岑森接錯神經又要為了季明舒丟下這筆南灣專案的巨額投資，那他周佳恆可就是京建第一罪人。

可萬一季明舒真在搞事而他沒有及時通知岑森，那他離捲舖蓋走人的日子也不遠了。

「你在想什麼。」

岑森站在車前，瞥了眼發呆發到忘記幫他開車門的周佳恆。

「哦，沒……沒什麼。」

周佳恆回神，忙上前為岑森打開車門。

車往前開出一段路，他做了會兒思想鬥爭，還是沒忍住匯報道：「是這樣的岑總，剛剛夫人出門了，去了匯嘉百貨中心。只不過司機說，夫人有點不對，戴著墨鏡，好像有點緊張，他怕夫人又像上次不聲不響搬去星港國際那樣，所以……」

周佳恆正努力琢磨著把「鬼鬼祟祟」和「離家出走」這兩個詞形容得委婉一點，可岑森頭也沒抬打斷道：「放心，她不會離家出走。」

周佳恆：「……」

他依稀記得上次季明舒離家出走時，他們岑大總裁也是這般自信地要去超市買排骨回家做飯。

岑森頓了頓，忽然又交代：「你聯繫趙洋，請他安排個穩當的產檢，就這兩天。」

「……？」

這是什麼突如其來的重磅消息。

周佳恆稍默，緊接著又應了聲是。

✕

季明舒並不知道自己鬼祟迂迴買驗孕棒的行為，已經不自然到司機大叔都神經緊繃了。

她跟著導航晃來晃去，穿過商場到對面街上才找到一家藥房，拉高衣領遮住下半張臉，買了幾支驗孕棒。

正當她以為大功告成可以回家測試的時候，忽然又接到一通令她略感意外的電話。

這電話來自岑楊。

「小舒，我要回美國了。」

他的聲音和初初回國時一樣，只不過溫潤清朗中好像夾雜了幾分疲憊。

季明舒怔了幾秒才應聲：「為什麼？」

岑楊沉默。

季明舒後知後覺發現自己這個問題好像有些多餘，於是又問：「什麼時候？」

「今天，我現在正準備出發去機場。」

他大概正要上車，季明舒聽到短促的行李箱滾輪摩擦聲，緊接著又聽到了「砰」的一聲後車箱關閉聲響。

岑楊拉開車門，坐進駕駛座，「我這次走，大概不會再回來了。」

短暫沉默過後，他繼續道：「小舒，對不起。你可能不知道，但我回來的這段時間裡，的確是做了一些對你不好的事情，真的很抱歉。」

季明舒不是傻子，雖然岑森瞞著沒告訴她，但當時出事截胡，前前後後的時間點撞得那麼巧，她心底早也隱有預感。

可不知道為什麼，她對岑楊好像很難生起憎恨的情緒，甚至聽到岑楊說不會再回來的時候，她心底還有些難過。那些沒事就找岑楊哥哥玩耍，有事就找岑楊哥哥幫忙的童年時光，好像是真的永永遠遠過去了。

她站在藥房門口，沉默半晌還是說了句：「我去機場送送你吧。」

×

聽說季明舒去了機場，周佳恆整顆心都在突突起跳，奈何岑森正和池禮聊具體的投資內容，他打斷不是，不打斷也不是，掙扎難度比之前增加了百倍。

大概掙扎了二十分鐘，池禮注意到周佳恆的緊張忐忑，垂眼理著袖扣，說了句：「你助理似乎有話要說。」

岑森回頭。

周佳恆也管不了那麼多了，直接俯身，低聲向他匯報：「夫人去機場了。」

岑森安靜片刻，不知想到什麼，忽然拿起手機打了通電話給季明舒。

可電話這東西發明出來大概就是讓人在關鍵時候失聯的，季明舒關機了。

池禮見狀，自顧自地摘了鋼筆筆蓋，在合約末尾簽字，又示意法務蓋騎縫章。

「簽了，不耽誤你。」

岑森也未客套，「嗯」了聲，便讓周佳恆收起合約起身離開。

周佳恆動作先於意識整理好合約，後知後覺發現，自己好像低估了這兩人私底下的交情。

未等走出會所，岑森就接到岑楊打來的電話。岑楊還沒開口，岑森就問：「明舒在你那？」

岑楊頓了幾秒，「是。」

岑森：「想幹什麼。」

岑楊：「你覺得呢。」

「她人在哪。」岑森聲音低了低，有不易察覺的緊張情緒。

岑楊沉默，本來還想再故弄玄虛兜上幾句圈子，可實在不知該接點什麼，只好反問：「你覺得我會綁架她嗎？」

這瞬輪到岑森沉默。

「關心則亂。」岑楊丟了這四個字，就徑直掛斷電話。

站在一旁的季明舒都聽懵了。

他們這是在打什麼啞謎？

來機場的路上，季明舒回憶小時候的事情，感傷了好一會兒。直到走進機場她才想起岑森吃起飛醋來特別狠，便想著要通知岑森一聲，結果手機在關鍵時刻沒電了。見到岑楊後，兩人聊了幾句，她心裡一直記掛著要通知岑森，便向岑楊提出借手機打電話。

岑楊反問她是不是想打給岑森，她如實應是，然後岑楊就說他來打。

他來打就他來打吧，結果打過去就說這些？腦洞要不要這麼大，竟然還扯上了綁架。

而且岑森是怎麼回事，他也不想想她在機場能出什麼事，是不是傻了。

這兩人腦迴路好像和她都不在同一個頻率，岑楊掛斷電話，還雙手插口袋頗為欣慰地評價道：「小舒，他確實很關心你。」

季明舒點點頭，心裡卻想著「我老公不關心我難道關心你嗎」。

岑楊班機還早，而且聽電話裡那意思，岑森似乎還要趕來機場，季明舒便和岑楊多聊了會兒。

岑楊正說到自己回美國後打算幫陳碧青和安寧辦移民，季明舒忽然感覺自己的手被人往後拉了把，還沒反應過來，一個七十五度轉角遇到愛式慣性回頭，她就被拉入了一個熟悉且溫暖的懷抱。

岑楊靜默，還未說完的話也咽了下去，只安靜看著面前兩人。

忽然感覺昨日種種，恍如夢一場，很多事情其實早已塵埃落定，只有他執著於不屬於他的一切，平白繞了許多彎路。還好，一切稍遲，但還來得及走回原點。

機場人流來往熙攘，細碎交談聲和行李箱滾動聲中夾雜廣播，電子螢幕即時更新，每時每刻都在上演離別和重聚。

原本岑森的出現也算為這場告別畫下了一個句號——季明舒從他懷中緩緩退出，岑楊也識趣地打算退場。

可忽然「啪嗒」一聲，季明舒口袋裡莫名掉落了幾支不明物體。

岑楊率先反應過來幫忙撿起，順便拿著看了眼，表情有點精彩。

岑森也沒管是什麼，冷淡地一把奪過，垂眼看了看。

而後兩人齊齊看向季明舒。

空氣大概靜默了數十秒，依舊是岑楊最先反應過來，他輕咳一聲，溫聲道：「恭喜。」

季明舒：「……」

季明舒挽了下頭髮，又抿了抿唇。

雖然懷孕不是什麼見不得人的壞事，但驗孕棒就這樣掉出來，實在是尷尬到快要窒息了。

她狀似不經意地瞄了眼岑森，沒想到岑森正一眨不眨盯著她。

她一心只想快些結束這平添尷尬的告別，小碎步挪移過去，挽住他的手臂，又清清嗓子，對岑楊說了句：「那個，你還要安檢過海關，還是早點進去吧，我們就不多送了，下次去美國再約。」

岑楊點點頭，沒再多說什麼，只揮手作別。

⌘

機場一直有航班抵達，也一直有飛機在轟鳴聲中起飛遠走。

岑楊走後，岑森把玩著手裡的驗孕棒問：「今天鬼鬼祟祟出門就是為了買這個嗎？」

「我哪有鬼鬼祟祟，」季明舒輕咳一聲，不自然地轉移話題道，「對了，你怎麼會來，你今天不是要談那個投資嗎？不會談到一半跑了吧你。」

岑森：「合約已經簽好了。」

「那就好。」季明舒稍稍鬆了口氣。

岑森：「你還沒有回答我的問題。」

季明舒一下子還沒跟上他的思路，「什麼？」

岑森垂眸，瞥了眼驗孕棒。

季明舒頓了頓，組織語言解釋：「就是……我早上不是吐了嗎，然後谷開陽和蔣純說可能是懷孕了，我就想買來測一下，我一個人總不好去醫院對吧。」

岑森：「那為什麼不告訴我。」

季明舒：「你不是要談合約嘛。我本來是想測出結果再讓你陪我去醫院檢查的。」

岑森默了默，沒在這話題上多作糾纏，「我已經讓趙洋安排產檢了，現在就去。」

這麼快就安排好了？

可沒見他打電話啊。

季明舒腦袋中緩緩打出了一個問號。

跟著岑森上車後，她有點懵，又有點緊張。

有些人一緊張就容易話多，季明舒就屬於這類，上車後她不停碎碎念，將接到岑楊告別電話後的所有事情都念叨了一遍。

念叨到他們兩人講電話那時候，她還覺得有點好笑，「對了，你剛剛在電話裡為什麼那麼緊張，也太奇怪了你們兩個，你不會真的覺得岑楊要綁架我吧，什麼腦迴路……」

「萬一是呢。」

岑森忽然打斷。

季明舒：「……？」

岑森看著後視鏡裡跟在後頭坐著貼身保鏢的Passat，聲音聽不出太多情緒。

「他還在岑家的時候，被綁架過。那時候岑家剛好知道他的身世，面對巨額勒索想要放棄。」

「這些年他一直對岑家心懷不滿，所以我不能排除，他籌碼盡失之後要綁架你實施報復的可能性。」

岑楊被綁架過？

什麼時候的事？

季明舒半晌沒消化過來。

而岑森已經收回視線，緩聲總結道：「好在他還有點腦子。」

其實這些故紙堆裡的舊事他原本半點都不想告訴季明舒，但季明舒被保護得太好，沒有親眼見過人性的惡與涼薄。

如果今天岑楊不是真的想通了要和過去揮手作別，而是想不計後果對岑家進行最後的報復，那也完全可以憑藉一點舊情一通電話輕輕鬆鬆將季明舒騙走。

這種同歸於盡誰也別想好過的可能性哪怕只有萬分之一，他想到的時候都很難保持自制。

季明舒消化完這件事後半點都沒感到後怕和心驚，只覺得訝異，「我怎麼不知道這件事，那時候為什麼要放棄他？」

岑森垂眸，淡聲道：「你對岑家人瞭解得太少。」所以不知道，他們骨子裡本就冷漠。

✕

去醫院的一路，季明舒都在消化岑楊曾被綁架這件事，有了這事分散注意力，她先前那些緊張都消失得了無蹤跡。

甚至到醫院做完檢查等結果，她還有些出神，一半在想到底有沒有懷孕，一半在想岑家那些過往。

等檢查結果時，岑森在打電話，聽周佳恆即時匯報工作進度。

他面色一如既往沉靜，可看著休息室的門，不自覺就走了神。周佳恆連喊兩聲，他才重新集中注意力。

季明舒的檢查結果是護理長親自送到休息室的。

「岑先生，岑太太，恭喜。」

護理長笑意吟吟地遞出檢查表。

岑森接過掃了眼，季明舒也湊過去看了看。

其實兩人在聽到那聲「恭喜」時就不約而同大腦空白，至於看檢查表，不過是本能反應，那些指數兩個非專業人士再怎麼看也看不懂。

足足空白了半分鐘，兩人才聽清楚護理長交代懷孕早期的注意事項。

一個安安靜靜不說話，一個聽她交代淡淡點頭。

護理長見他們兩人這般反應還暗自心想：見過大世面的就是不一樣，懷孕了都這麼處變不驚沉著淡定。

護理長離開休息室後，裡頭靜默了陣。

季明舒從神遊狀態回神，拉了拉岑森的衣角，「我，我真的懷孕了。」

岑森指尖動了動，沒說話，只緩緩轉身，將她攬入懷中。

季明舒以為自己早就做好了懷孕的心理準備，可真聽到這消息，只覺得像在做夢，不真實，又有點奇妙。

她也伸手回抱住岑森，可抱了會兒，她覺得岑森好沉默，又半是撒嬌半是不滿地發出死亡三連問：「你為什麼不說話？不是你說要生寶寶的嗎？那我懷孕了你不高興嗎？」

岑森以額抵額，注視著她的眼睛，好半天才低啞著說了句：「我很高興。」

季明舒往後望了眼，見沒人進來，忽然偷偷撩起衣擺，露出平坦白嫩的小肚皮，不講理道：「那你親一下你的寶寶，這樣才能證明你真的很高興，真的很喜歡他。」

岑森默了默，將她扶至沙發落座，還真撐著沙發邊沿緩緩俯身，在她小肚皮上落下一吻。

季明舒沒忍住，翹了翹唇角，主動站起來抱住他，過了會兒想起什麼，又補充命令道：「但生了寶寶之後，你還是得最喜歡我！」

岑森「嗯」了聲，揉揉她腦袋，低聲保證：「最喜歡你。」

護理長想起來還有本孕期檢查手冊沒給他們，本來想過來一起給，可她站在門口正準備敲門，就聽裡面那對見過世面的夫婦傳出肉麻對話。

「……」

打擾了。

初得知懷孕，季明舒和岑森都還沒有什麼真實感，兩人回家路上商量了一下，決定暫時不告訴家長。

岑森是因為本來就對家裡人感情有限，不覺得有必要第一時間告知。

季明舒則是因為深受宮鬥劇裡瞞孕情節的荼毒，總覺得前三個月不能大張旗鼓搞得眾人皆知。

回到家後，兩人仍處在不真實的飄浮狀態，雖然努力想要表現如常，可實際都已深受懷孕影響。

季明舒看個劇，看完一集都不知道講了些什麼內容。岑森做個菜，青椒炒肉做成了青椒炒紅椒，還加了兩次鹽。

晚上洗完澡躺在床上，他們兩人一個玩手機一個看書。季明舒心思根本不在手機上，可見岑森專注看書，她也不知道怎麼開口。

她瞄了眼，過十分鐘又瞄了眼。

忽然，她發現了新大陸般搶過岑森的電子書，帶著抓到把柄的小得意質問：「十分鐘才翻一頁，你這是在看什麼書！」

岑森按了按眉骨，承認道：「在想寶寶的事。」

季明舒躺倒在他腿上，「我也在想。」

「嗯？」

季明舒嘆了口氣，一瞬又變得有點惆悵，「就還是覺得……很不真實，我自己都還不成熟，突然就要養小孩了。而且我媽媽小時候也不管我，我都不知道媽媽應該怎麼對小朋友。」

岑森幫她順著頭髮，不知道在想什麼，沒有接話。

季明舒忽然抬手戳了戳他喉結，猶豫著提了個從前一直好奇，但一直沒問的問題。

「那個，我想知道，你媽媽，我是說親生的那個……你有見過嗎？」

「見過一次。」

岑森眼底情緒不明。

季明舒：「我小時候也見過她很多次，但突然，她就和岑楊一起不見了。」

從前的季明舒不太喜歡刨根問底，一則不好奇，二則不想摻和。甚至在很長一段時間裡，她都秉持著有錢花就萬事大吉的第一原則，特別自覺地堅守著商業聯姻的底線，主動為彼此留下獨屬於自己的空間。

她從不追問他和岑楊為什麼會被抱錯，也不探究她的正經婆婆為什麼完全神隱，更沒問過岑森這些年心裡都在想些什麼。

可今夜，她忽然有了一種想完完全全走進岑森內心的衝動。

這種衝動從他對岑家人禮貌有餘親近不足就開始醞釀，一直到今天他在車上對她說「你對岑家人的瞭解還不夠」，她才恍然驚覺，自己好像分給岑楊很多同情，卻從沒有特別深入地去想過，岑森明明有家人，為什麼在很長一段時間裡都活出了一種孤家寡人、六親不認的孤獨感。

岑森指尖一圈圈繞著她的髮尾，沉默了很久才回答這個問題，「她早就過世了。」

✕

岑森的親生母親出生於富裕家庭，在嫁給岑遠朝前有暗中交往的戀人，但戀人家世與其並不相匹，家裡知道後狠心切斷了他們的聯繫，對方比她乾脆，她家裡不同意，便遠走他鄉與她再無聯繫。

她在岑楊很小的時候就發現他不是岑遠朝的孩子，但她完全沒往抱錯的方向想，還下意識以為是婚前和戀人懷上的，所以她想方設法地瞞著整個岑家。

可以說，岑楊長到七八歲才暴露身分，都是她的功勞。

她一直對自己戀人念念不忘，一腔心血都傾注在了岑楊身上。

後來岑遠朝意外發現岑楊的血型與他夫婦二人並不匹配，暗中做了兩份親子鑑定，結果出來後，他順藤摸瓜很快便查到了安家。

當年安家也是平城的書香門第，剛好和岑家在同一醫院生產，護理師粗心，抱錯了兩家小孩。

而安家老爺子在兒媳陳碧青生產後便因一些工作原因舉家遷往星城，生活也逐漸歸於平淡。

再後來便是岑遠朝確認岑森身分，要接回他。

岑遠朝原本很堅定地要留下岑楊一起撫養，可知道抱錯事件後，自己妻子莫名崩潰了。崩潰的原因不是抱錯，而是她全心全意呵護的孩子並不是她所以為的愛的結晶。

岑遠朝得知真相氣極，連帶著對岑楊都生出了厭惡之感，岑楊遭遇綁架他都不顧匪徒撕票威脅直接報了警，好在岑楊命大，還真被警察救了出來。

再再後來岑森提出有他就沒岑楊，岑遠朝也就順勢將岑楊送回了安家。

而岑森的親生母親自此一蹶不振，岑森回南橋西巷時兩人見過一面，她看他的眼神不只是陌生，甚至還摻雜了厭惡。

那時她和岑遠朝就已經開始辦理離婚，岑森回南橋西巷的第二天，她毫不留戀地選擇了離開。

岑家對外只宣稱她陪岑楊留學，次年她因病去世，骨灰就埋在西郊陵園，自此她和岑楊一樣，成為了岑家緘口不提的存在。

屋外小雨淅瀝，落地燈暈暖黃，岑森的聲音平淡低沉，整個故事從他口中講出來，都十分地漠不關己。

季明舒聽完之後久久不能回神。

原來，事情的完整版本是這樣。

她小時候也見過他親生媽媽，不過那時候還是岑楊媽媽。印象中，那是個很溫柔恬淡、知書達理的女人，沒想到會對自己的親生孩子那麼冷漠，就連僅有的一次見面都未置一詞。

不知道為什麼，她一想起那位小時候的溫柔阿姨曾用厭惡的眼神打量岑森，就很難受很難受。

母親之於孩子的意義從來都與眾不同，其實只要她當時能拿出平日十分之一的溫柔對待岑森，岑森大概都不會變成一個表面溫和實則冷情的人。

窗外的雨漸漸緩了，到最後只餘樹梢雨滴滴答，房間裡寂靜了很久，季明舒忽然抱住岑森的腰，又坐起來摟住他的脖子，在他唇上輕啄，一下，兩下，三下。

她認真道：「老公，你不要難過，我和寶寶以後會對你好的。」

寶寶會不會對岑森好猶未可知，但這夜過後，季明舒對岑森確實肉眼可見地溫柔了一點點。

日子不快不慢地撥轉了兩個多月，十一月底，平城漸有入冬跡象。

季明舒成功度過了宮鬥劇裡的安全瞞孕期，周邊親戚朋友基本上都已得知她的懷孕喜訊。她這一孕，岑季兩家長輩的關注和看重，可以說是完全擔得起網路上說的「家裡有皇位要繼承」這一調侃。

中西廚師、甜點師、營養師全都被兩家分配了滿滿的工作，只要她想吃，什麼東西都能在第一時間新鮮出爐，季明舒也不客氣，今天點開水白菜，明天點文思豆腐。

岑家還不知道從哪裡請來了胎教老師，別人家搞胎教也就是講講故事放放音樂，岑家就特別誇張，還配合胎教老師的要求，請專業人士到家裡來為小胚胎現場彈奏陶冶情操。

好在季明舒生來就是個會享福的，換成別人搞這麼大的陣仗，大概還怕折壽。

除此之外，季明舒還收到了不少長輩們送的禮物，都是些珠寶、豪車、古董、字畫，剩下值得一提的大概就是岑老爺子給的卡，還有岑遠朝送的兩座園子。

這事也不知道被哪個嘴碎的傳了出去，圈裡人都直嘆季明舒命好，說她懷繼承人的待遇就是不一樣，最關鍵的就是這還只是懷個孕，平安生產那還得了？現代版的母憑子貴可算是開了眼界。

可季明舒本人對這些東西表現得特別淡然，對「母憑子貴」這一說法更是嗤之以鼻。

其實早在確認懷孕後的一週，岑森就拿了份文件叫她簽字。

她隨便翻了翻，發現文件的內容很不尋常，條款看似不偏不倚，但細究起來似乎都偏向於乙方，而她季明舒，就是這個乙方。

當時她很困惑，在商業聯姻裡，本來就沒什麼夫妻財產共用的說法，哪對結婚不是得簽好幾十個資料夾的婚前協議？

她和岑森也有十分詳盡的婚前協議，所以這份新鮮出爐的婚後財產分配補充合約又有什麼意義？

沒等她問，岑森就主動解釋：「婚前協議不算數了，婚後財產，夫妻共用。」

季明舒聽到這話，整個人都懵了。

岑家可不只是什麼有房有車的普通家庭，毫不誇張地說，岑森的身家每分每秒都在變動，具體有多少大概連他自己都難以估量。而「婚後財產夫妻共用」這八個字的分量，代表著只要她季明舒稍動心思，就能瞬間改變整個岑氏集團的格局，所以他是瘋了嗎？

大概消化了半分鐘，季明舒果斷丟筆，背過身，怎樣都不肯簽字。

岑森也不逼她，只淡聲道：「你簽不簽，婚前協議在我這邊都已經作廢。」

季明舒一聽，轉過身來戳著他胸膛質問：「你想幹嘛？現在就開始為出軌之後補償我做打算了嗎？岑氏森森你有沒有良心？哦我知道了，看來我之前做的夢全都是真的，真沒想到我活了二十幾年還當了次預言家啊。」

岑森：「我是想給你多一點安全感。」

季明舒反正就是一副不聽不聽你就是個渣男的樣子，「你一個大男人非要簽合約才能給老婆安全感嗎？你怎麼就這麼不可靠？有你這種不可靠的爸爸，以後我們孤兒寡母的日子還不知道有多難過呢！」

她小嘴叭叭一頓掰扯，還越扯越遠，越扯越離譜，「你說我要你股權有什麼用？我看得懂嗎？欸你把話給我說清楚，是不是設了什麼圈套還想幫我安排個法人什麼的，以後有經濟罪就讓我頂替你去坐牢？我就算不懂法律，難道沒看過小說嗎？」

「欸，你沉默了，你不說話了，是不是被我猜中了？你這渣男我孩子還沒生你就給我安排得明明白白！」

岑森：「……」

他自然看得出季明舒是在故意胡攪蠻纏，但面對季明舒的胡攪蠻纏，他竟有些無力招架。因為他設想過很多種可能，只獨獨沒有想過季明舒不願意共用他的財產。

兩人坐在床上靜默半晌，季明舒一鼓作氣的氣勢也用得差不多了，這時冷靜下來，雖然還是不敢接受，但一想到岑森願意為自己做到這個地步，心裡就止不住地往外冒甜泡泡。

她偷瞄岑森，發現他好像被自己弄自閉了，又忍不住戳了戳他，小聲辯解道：「我知道你的意思，但安全感也不是你這樣給的。」

其實她真的沒有想過要把婚前協議作廢。以前她很有自知之明，覺得兩人聯姻吃喝玩樂都花他的，自己一分沒賺還要平分財產未免也太不要臉。

現在則是覺得沒有這個必要，她愛岑森，也相信岑森，相信兩人可以圓圓滿滿走完一生，所以她不再需要額外的財產股份為自己平添保證。

而且男人真要變心，那什麼籌碼都是拴不住的，勉強拴住了也只是個空殼，無非一方強求，大家都不好過。

萬一真有那麼一天，那也是她季明舒眼瞎，願賭服輸，認栽了。

季明舒和岑森說了自己的想法，岑森自然也有自己的說辭，兩人來回拉鋸，誰也沒能徹底說服對方。最終以各退一步、重新找律師擬定合約、把季明舒的所有股份全權交由岑森處理為結束。

當然實際上，婚前協議已經作廢，季明舒仍將合法共用岑森的所有財產。

她都已經合法共用岑森的所有財產，長輩送的那些東西，包括劃到她名下的園子，自然也算不上什麼。

母憑子貴更是無稽之談，不管是臭小子還是臭丫頭，以後惹她不開心了，她保證能讓他們一個個後悔投胎到自己尊貴的小肚子裡。

✕

轉眼便至年底，又是一年隆冬。

這時節，季明舒光著小肚皮才略略顯肚，平日穿件寬鬆毛衣完全看不出來。

她好生遮掩打扮了一番，陪岑森去參加了君逸雅集開業儀式的剪綵。

她只當這是個尋常活動，沒想到現實生活中還真有專程為她和岑森而來的霸總夫婦CP粉。

活動結束後，粉絲幫他們兩人出了一組高清狗糧圖，動靜版本都有，實在是賞心悅目，一不小心又引起了一波吃瓜群眾嗑糖的熱烈討論。

那位幫他們兩人拍照的粉絲特別激動，還親身上陣在論壇發文講解。

【啊啊啊啊我今天見到了活生生的總裁和總裁夫人！我們公司是君逸合作方，有發邀請函，然後我們老闆有事去不了就讓我去了簡直幸福到螺旋爆炸！岑總太帥夫人太美真的是神仙顏值！前四張圖是原圖直出無修圖啊姐妹們感受一下這美顏暴擊！】

底下有人留言問：【那個動圖，十幾個黑衣保鏢是真實存在嗎？怎麼和拍電視劇一樣？】

樓主熱情解答：【真的就是這麼多保鏢！剪綵之後有一個招待會，兩人露了個面就走了，然後我遠遠跟了出去，呼啦啦一大幫保鏢圍著！炒雞震撼！因為保鏢太多了我都沒拍到！但我的眼睛可以作證我們總裁大人是緊緊牽著夫人的！快看第六張小糊圖！勉強還能看到兩隻小手手！啊啊啊這糖是真的甜！！！】

還有名偵探火眼金睛：【總裁夫人好像穿平底鞋？懷孕了？而且裡面的毛衣也是寬鬆款的。】

這一觀點瞬間炸鍋！

——於是季明舒在毫不知情的情況下照常打開社群私訊準備回覆，就莫名收到了一大波關於懷孕的詢問還有恭喜。

瞞是瞞不住的，也沒什麼好瞞的，她想了想，還是發了則動態，統一感謝大家的關心並承認自己確實已經懷孕，順便明目張膽地為君逸雅集打了個廣告。

這則直接醒目的廣告直接導致她為君逸雅集設計的B六一二星球主題套房往後三個月都被提前預定，這還是因為君逸雅集官網目前只開放三個月內的預定，不然也不知道要爆滿到何年何月。

雖然一開始是有點粉絲捧場的意思，但接二連三有B六一二星球套房的圖片流出，大家發現這套設計是真的很特別，很有新意，還很適合拍照。

一時間有錢的小女生小網紅們都天天守著官網預定，只為去B六一二星球拍照打卡，君逸雅集的網紅飯店之路也由此開啟。

與此同時，《舊街印象》這檔紀錄片節目也在年末圓滿收尾。

節目正值口碑發酵期，季明舒社群天天漲粉，她也因此得到了很多室內設計方面難得的發展機會，比如被推薦參加一些規格很高的設計比賽，還有被推薦赴歐美國家進行學術交流等。

岑森很支持她以興趣為基礎發揮所長，但前提是不能太過勞累，在電腦前只要坐超過一小時，家裡就會有人陰嗖嗖地斷她網。至於為期近一週的出國交流，岑森也專程騰出時間全程陪同。

✕

不知不覺又到一年除夕。

今年除夕，岑森和季明舒只在岑季兩家分別吃了午飯晚飯，而後便回了明水公館守歲。

深夜的明水公館亮堂得像一間漂亮的水晶屋，屋外還在飄雪。

季明舒窩在岑森懷裡，兩人邊看喜慶的春節聯歡晚會，邊有一搭沒一搭地聊天說笑。

岑森在外經常給人留下清冷疏離話少安靜的印象，回到家和季明舒獨處卻總是很有話聊，兩人膩在一起說些沒營養的話題好像都特別有趣。

晚上哪道菜不夠好吃，哪道菜放多了鹽，生完寶寶之後要把他扔下然後兩個人去哪旅遊，他們的七大姑八大婆裡誰誰誰真的好煩難道不知道小明爺爺活到一百歲就是因為不多管閒事嗎等等。

細碎而溫暖。

季明舒懷孕後特別嗜睡，十一點多的時候，她有點撐不住了，眼皮低垂，嘴裡倒還念念有詞。

「岑氏森森，去年的今天你和我告白了你記不記得。」

「我當時真的好開心。」

岑森「嗯」了聲。

「其實這一年我都好開心。」

「我好希望這輩子都這樣。」

「你會不會一直喜歡我。」

「不，你必須一直喜歡我。」

她聲音越來越小，到最後竟然還強撐著帶了點命令的語氣，聽到岑森又「嗯」了聲，她像隻慵懶小貓咪似的翻了翻身，滿足地抱著他睡著了。

岑森始終垂眼，看向她的眼神莫名溫柔。

他不是一個情緒特別外露的人，很多話只會在心裡安靜回應——

其實這一年，我也很開心。

我也希望這輩子都這樣。

我會一直喜歡你，只喜歡你。

凌晨十二點的時候，新年的煙火將整片天空都映照得璀璨明亮，恍若白晝。

季明舒被吵醒，眉頭緊皺，迷迷糊糊間倒還意識到了這是凌晨十二點跨年，下意識往上摟住岑森脖頸，又湊近，在他耳邊溫溫軟軟說道：「新年快樂，嗯……我愛你。」

岑森在她耳側落下一吻，聲音沉啞，「新年快樂，我也愛你。」

——何其有幸，我這一生，能做你的不二之臣。

——《不二之臣》完

蔣純×唐之洲

念小學的時候，老師會在班會課上問，大家長大以後夢想成為什麼樣的人。蔣純想，那大概是科學家除了得諾貝爾獎之外存在感最高的時刻。

小孩子總是很純粹，等長大一點，大家就會發現科學家賺不了錢，開不了豪車住不起別墅，只能日復一日待在實驗室裡做著偉大卻枯燥的工作，且這份偉大還有百分之九十九點九的可能永遠不會被人瞭解。

所以到了國中的主題班會課上，就多了很多不知天高地厚想要稱霸一方的「首富」。和「首富們」相比，蔣純還有點小驕傲，因為她覺得自己是個很純粹的人，從小學開始就專一地夢想著成為包租婆，每月都可以拿著麻布袋挨家挨戶敲門收租。

上天可能是感念她的純粹和堅定不移，國二那年，她的夢想實現了。也沒別的，就是命好且爸爸爭氣。

早年蔣家所在的一百八十線小漁村動遷開發，她爸爸蔣宏濤在巨額賠償款加一間房和部分賠償款加數棟樓這兩項選擇中，十分有前瞻性地選擇了後者。

那時的房地產產業與如今無從比擬，賠的大樓也在郊得不能更郊、鬼都不願意租的郊區。誰都沒想到那片郊區後來搖身一變寸土寸金，也沒想到她蔣純就這麼順理成章從漁村白富美搖身一變成為了巨富千金。

千金蔣純一度以為自己已經到達了人生的巔峰，可更令人沒想到的是，她爸爸過分爭氣，在不到十年的時間裡，憑藉暴發的原始資本活生生打造出一個餐飲王國，還雄心勃勃把一家人挪到了平城，簡單粗暴地用鈔票砸開了帝都名流圈子的銅牆鐵壁。

而她蔣純也理所當然地再次升級，成為了帝都新貴千金。

只不過由於她本人各方各面的素養都十分不夠，自詡高貴優雅的真千金們私底下沒有幾個看得起她。

這直接導致她剛到帝都的那幾年，手握大把鈔票卻過得很不開心，還傻得被人慫恿鬧出了很多笑話。

而這其中最大的笑話大概是，她撞見未婚夫嚴彧劈腿小白蓮女明星，嚴彧為維護小白蓮當場和她翻臉。

不得不承認，那大概就是她人生中最不願意回顧的狼狽時刻。

她一直以為嚴彧和這裡的其他人不一樣，他溫柔體貼，陽光開朗，還很善解人意，最重要的是他從來不會嫌棄她。

可後來她才知道，嚴家日漸式微，嚴彧不過是為了得到她爸爸的雄厚資產才勉強同意和她訂婚，實際上嫌棄她都已經嫌棄到了不願意睡的地步，而她還一廂情願地以為婚前不發生性行為是嚴或對她的一種尊重。

在經歷了嚴彧這種曠古爍今的絕世渣男過後，蔣純對愛情短暫失去了信心，並將有限的精力全都投入維護新友情。

她也算是因禍得福，抓包嚴彧劈腿那一幕被季氏千金季明舒撞見，季明舒為她打抱不平，兩人由此結緣，很快便成為了好朋友。

其實從前她很看不慣季明舒，除卻他人慫恿，也因為季明舒總是一副高高在上睥睨眾生的輕慢姿態，隨便說句話就能噎得人三餐吃不下飯。

可成為好朋友後，她給季明舒所有與從前一般無二的行為都套上了閨蜜濾鏡，並發自內心地覺得，季明舒是世界上最漂亮最可愛心地最善良的女孩子，而男人都是臭豬頭。

直到唐之洲的出現。

唐之洲是蔣純她爸爸蔣宏濤幫她安排的新任相親對象，蔣巨集濤把唐家捧得天花亂墜，說什麼人家是民國時期就聞名滬上的書香世家和醫學世家，出過一群名號響噹噹的風流人物。

這一代也不得了，唐之洲他爺爺是醫學界泰斗，他爸是教育學權威，他小叔是國內本格派推理的領頭羊，他媽還是知名女性文學作家……

家裡最不爭氣的大概是他年紀輕輕叛逆輟學的某位表弟，人家現在也是某網路文章網站的創始人。

至於唐之洲本人也是天縱英才，某知名資優班出生，年紀輕輕就已攻讀完史丹佛電腦科學博士，現在是某明星大學電腦科學院最年輕的教授，也是該校人工智慧實驗室的負責人，專注人工智慧領域，前途無可限量。

蔣純聽完這滿門高級知識份子的介紹後，大概懵了半分鐘才後知後覺問了句：「他禿了嗎？」

蔣宏濤還沉浸在對未來女婿的暢想中，瞥了她一眼，「胡說八道什麼呢你。」

蔣純：「那是長得很醜？」

「醜啥醜？一百八十五的高個子，斯斯文文乾乾淨淨的，長得那叫一個一表人才！我看這小唐真的很不錯！」蔣宏濤邊說還邊比劃身高。

蔣純沉默了會兒，「爸你說實話吧，我能視情況而接受的。」

蔣宏濤一頭霧水。

蔣純問：「他到底是離過婚還是有性功能障礙還是家暴賭博或者根本就不喜歡女人？」

蔣宏濤被問懵了，等回過神來忍不住戳著她腦袋瓜子訓，「你每天不幹正事腦子裡都在想些啥呢？我就你這麼一個女兒，難道會把你往火坑裡推？！」

「不是啊，他們家條件這麼好，那幹嘛要和我相親？那麼多千金小姐不是隨他們家挑嘛。」蔣純邊躲邊揉著被戳疼的地方納悶道。

蔣宏濤站起來插了會兒腰，末了氣笑，「看不出來你還滿有自知之明的。」

蔣純老實地坐在一旁眼觀鼻鼻觀心，小聲道：「除了錢什麼都沒有，能沒有一點自知之明嗎。」

蔣宏濤衝著她指指點點了好一會兒，硬是過了好半晌才接上一句：「有錢你還不知足，你這臭丫頭！」

蔣純很不給面子地翻了個白眼，心裡想著季明舒和她爸爸坐下來閒聊一定很有話聊，因為他們兩人都是「沒有錢辦不成的事，如果有那是因為你錢不夠多」這一理論的忠實擁護者。

不過這次她爸爸還真沒騙她，唐之洲就是個正正經經出生書香世家，英俊多金雙商爆表未婚無子沒有任何不良嗜好的極品好男人。

至於唐家為什麼願意和他們這種暴發戶相親，還得追溯到唐老爺子多年前受了她爸爸幫助。

正巧這些年她爸爸匿名捐助的慈善機構是由唐家人掌舵，唐老爺子覺得她爸爸為商有道，人品好，愛屋及烏地覺得他女兒肯定也人品貴重，就主動安排了這場相親。

✕

相親那天，唐之洲穿了件淺灰條紋的休閒襯衫，腕上戴一支簡約的鉑金錶。他皮膚偏白，輪廓線條流暢俐落，是乾淨清雋又稜角分明的好皮相，只是簡簡單單坐在客廳，都很引人注目。

尤其是那雙清淨墨黑的眼睛，和著薄唇稍翹，似笑非笑的，一掃過來，就像能洞悉人心。

蔣純心裡犯嘀咕，總覺得他不像搞人工智慧，比較像搞心理學的。

相親由家中聚餐開始，聚餐結束後，長輩們慫恿她和唐之洲出門逛街。

唐之洲由始至終都表現得很有禮貌很有涵養，帶她去喝了杯咖啡，還帶她去逛了超市，末了還和她交換了通訊帳號，總之就是無一處不妥貼。

可相親過後，蔣純心情很低落。

人家長這麼帥做事這麼妥貼八成也不缺女朋友，說不定只是順著他爺爺心意來露個面，她覺得自己有很大機率是沒戲了。

而且後來她和季明舒複述了一遍相親細節才知道，她以為的完美相親原來中間還夾雜了一場裝逼翻車而不自知的重大事故。

唐之洲問她喜歡誰的畫時，她順嘴說了句很喜歡八大山人他們的。因為她聽季明舒說她老公買過八大山人的畫，所以理所當然以為那是很厲害的一群畫家。

兩人逛超市時，她為了表現自己的高級，還說這邊找不到自己喜歡吃的那種叫士多啤梨的梨子，毫不知情地來了個裝逼翻車二連。
回想起那種尬穿地心還渾然不覺的場面，也是難為唐之洲忍住沒笑出聲了。
她心如死灰，傳了則訊息給唐之洲承認錯誤。
蔣純：【你今天憋笑是不是憋得很辛苦……】
蔣純：【對不起，讓你看笑話了，不好意思啊。】
她本來想等唐之洲客套一句「沒關係」就互刪從此江湖不見，沒想到唐之洲卻回道：【我覺得你很可愛，以前好像從來沒見過你這種女孩子。】
蔣純十分懷疑他想表達的是我沒見過你這麼蠢的女孩子。
蔣純：【今天終於讓你見到了……】
唐之洲：【嗯，很榮幸。】
很好，商業互捧到此結束。
蔣純往後一倒癱回床上，手機意外又響了兩聲。唐之洲傳來一則語音訊息：「明天上午我有一節公開課，你要來聽嗎？」
他的聲音在語音裡顯得低醇溫和，還帶著一絲不易察覺的誘惑。
蔣純從小就不是什麼學習積極分子，蔣宏濤頗有先見之明，將她戶口遷到平城，她大學考才勉強低空飄過二流大學。

後來蔣宏濤又想把她扔到國外鍍金，奈何她與英語堪稱宿敵，上了一段時間的雅思一對一，怎樣也不想繼續，蔣宏濤也無法，只得任由她在某不知名二流大學快快樂樂地混完四年。

一轉眼畢業好幾年，進到唐之洲他們學校，蔣純還有點小緊張。要知道唐之洲任教的C大是全國排名前十的一流大學，她當年考大學時想都不都敢的那種。

好在昨晚她連夜向季明舒討教了一番減齡穿搭，又約了造型師，今天六點鐘就起來打理蓬鬆心機丸子頭還有清透自然學生妝，站在校園裡和樸素的女大學生們一比，她還是有點信心的。

×

離公開課開始還有一刻鐘的時候，唐之洲已經測試好上課需用設備，在教室裡掃了圈，他才想起什麼，邊往外走邊傳訊息給蔣純。

唐之洲：【你到了嗎？】

他傳完，站在走廊欄杆邊往下瞥了眼，好巧不巧，他瞥見樓下花壇邊站了個穿鵝黃色T恤和牛仔褲的女孩，她紮著鬆鬆的丸子頭，還背了個小號的老花雙肩包，這時正在玩手機。

沒過幾秒，他手機就震了一下。

蔣純：【快了，我剛下車，可能還要一刻鐘。】

唐之洲又半瞇起眼往下看了看，腦海中緩緩打出了一個問號。

蔣純傳完訊息還渾然無覺，在樓下杵了會兒，磨蹭到還剩五分鐘才開始往上爬樓梯。

她最近全方位地被季明舒洗了腦，季明舒說，她從高中開始就和男生約會，每次都至少要讓男生等一個小時，她老公都是兩小時起跳才能從一眾聯姻備選對象當中脫穎而出。

雖然聽起來挺誇張，真實性存疑，但季明舒那條件，讓男人等好像也天經地義。她沒那資本，心想著剛好趕上就差不多了。

蔣純到樓上時，剛好響起提前一分鐘半的上課預備鈴，她跟著其他學生一起從後門進了教室。

也不知道是名校學生天生熱愛學習還是唐之洲特別受歡迎，偌大的階梯教室坐得滿滿當當，而且大家都是爭先恐後地從後排往前排坐，和當初她上大學那時候大家去上公開課不情不願的態度完全不一樣。

蔣純就著倒數第二排的位置剛坐下，就聽旁邊女生壓低聲音討論：

「早就要你來佔位你怎麼沒來？都只剩這麼後面的位置了。」

「我就走錯教學大樓了嘛，生氣！還爬了兩次六層樓呢！」

「這裡都看不到唐教授的臉，隔那麼遠。」

「那你加油保送研究所啊，能選上他當導師天天都能看到他的臉。」

唐之洲還真的滿受歡迎的？

蔣純半瞇起眼往前看了看。

唐之洲今天穿了件白色T恤，外面隨意地套了件深色襯衫，非常理工直男的打扮。但他皮相好，氣質佳，再加上腰高腿長，隨便穿穿站在講臺上也很顯眼。

平心而論，如果當年她念書的時候有這樣一個教授，以她花癡成性的個性大概也會去蹭課看熱鬧。

正這麼想著，身後忽然有人拍了拍她肩。她回頭，是兩個女生。

站在前頭的女生手裡抱了一疊書，徑直對她說：「同學，你不是資工學院的吧？學校前陣子才通知不能蹭課，旁聽生會干擾本系學生正常上課，你沒有看到嗎？」

這女生說話還滿衝的，蔣純頓了三秒，「什麼？你講太快了我沒聽清楚。」

那女生沒好氣地翻了個白眼，又很不客氣地將之前的話重重複述了一遍。

與此同時身後也傳來窸窣討論，「大概是舞蹈系的，每次蹭唐教授的課她們舞蹈系最積極，她們聽得懂嗎。」

蔣純還沒說話，忽然有一隻手擱在了她的面前，緊接著又有一道溫和男聲響起，「抱歉，她是我的朋友，不是我們學校的學生。是我沒有考慮周全，打擾大家正常上課了。」

那女生隨即漲紅了臉，忙擺手羞澀道：「沒關係，唐……唐教授。」

唐之洲略一點頭，又轉頭看向蔣純，朝她伸手，「跟我來。」

蔣純慢半拍，指了指自己，「我？」

「嗯。」

她在眾人注視下拉住唐之洲的手，慢吞吞地往前走，走至前排，唐之洲和前排同學商量了下，大家往一側擠了擠，硬是幫她騰出了一個座位。

她坐下後，才後知後覺像扔燙手山芋般鬆開了唐之洲的手。

整堂公開課長達九十分鐘，蔣純半個字都沒聽懂，但並不妨礙她盯著唐之洲看了九十分鐘發花癡。

嗚嗚嗚有文化的男人真帥！那一舉手一投足！如果不是教室裡學生們都很有規矩，她還想掏出手機喀嚓喀嚓來個九連拍然後扔到群組讓季明舒和谷開陽欣賞一下她的相親對象有多麼優質！

下課後，唐之洲留了十分鐘和同學們課後交流。

十分鐘一到，他便很有禮貌地拒絕了剩餘問題，只請大家寄信到他電子信箱，看到後會一一回覆。

✕

「抱歉，今天忘了幫你提前安排好座位。」吃午飯時，唐之洲很有禮貌地為之前的事情道了個歉。

「沒事啊，我聽到有人說我是舞蹈系的，還挺開心呢。」蔣純邊舀提拉米蘇邊盯著不遠處的抹茶慕斯，「你都不知道我閨蜜說我胖得像小豬似的，還說我土，天天盯著我減肥大改造。」

唐之洲笑了下，十分善解人意地將慕斯往她面前推了推，「女孩子胖一點才可愛。」

蔣純忽地一頓，抬眼，「那你也覺得我胖？」

面對送命選擇題，唐之洲停了幾秒，「我不是這個意思。」

「你就是這個意思，」蔣純低頭繼續吃提拉米蘇，語氣相當地看破紅塵、破罐子破摔，「唐教授，說實話吧，你是不是因為學校裡追求者太多了有點困擾，所以今天才找我去聽你的公開課？」

唐之洲還沒說話，她又繼續發表自己的高談闊論，「你家裡條件好，長得帥，本人還這麼優秀，我怎麼看就怎麼覺得你不像需要相親的男人。」

「我呢也沒有別的優點，就是很有自知之明，所以你也不需要有什麼心理負擔，家長們就是那樣一個撮合，我知道我們兩個根本就不適合……」

「我覺得很適合。」唐之洲忽地打斷。

蔣純抬頭，「……？」

唐之洲直直地看向她，又重複了一遍，「我覺得我們很適合，如果你願意的話，我們可以嘗試著交往看看。」

蔣純其實是個很實在的女孩子，她本來就看上了唐之洲，只不過因為唐之洲條件太好，怎麼都覺得和自己不可能，所以才在吃飯時，乾脆地擺出灑脫態度，當面挑明。

可唐之洲也不知道是被下了蠱還是怎麼回事，竟然沒有順坡就驢，反而說什麼覺得他們兩人很合適，可以試試。

蔣純怔了兩秒，本著即便是中了蠱她也得暫時撈個便宜以後還能拿前男友吹吹牛逼的心態，馬不停蹄地答應了。

就這樣，蔣純又搖身一變，成了唐之洲的女朋友。

可能是因為有過一段全心全意付出仍然極其失敗的感情經歷，蔣純成為唐之洲女朋友後意外地很想得開，總覺得有今天沒明天的，趁著唐之洲還是她正正經經的男朋友，她得好好享受享受女朋友待遇。

前兩個星期她還裝裝矜持，唐之洲約她去看畫展去看文藝片她都答應了，還忍受著季明舒的魔鬼折磨，企圖改造變身，來一個蒙塵珍珠大放異彩。

兩星期後，蒙塵的珍珠本珠主動宣告放棄。

季明舒那修煉了二十幾年的名媛基本素養可不是隨隨便便就能速成的。

蔣純想了想，也懶得繼續在唐之洲面前凹什麼矜持千金人設了。

這人設完全不適合她，她這輩子可能都不會有什麼驚天動地的審美和五十公斤以下的體重了。

而且她又不矮，五十幾公斤在體重標準裡對應的體型可是偏瘦呢，幹嘛非要用季明舒的魔鬼標準來折磨自己。

再加上唐之洲最近總說自己很忙，兩人一整個星期都沒見面，蔣純有種他已經嘗完新鮮準備拋棄自己的預感，於是完全放飛了自我。唐之洲再一次約她去看某場高水準話劇時，她直接拒絕了。

「對不起啊，我是真的不感興趣，去了也是在那裡睡兩三個小時，多浪費票錢。還有，我其實不太喜歡吃西餐，」她認真想了下，又補充：「不過你選的西餐廳甜點都還挺好吃的。」

說完，她摟緊了抱枕，等著唐之洲應聲。

唐之洲這種個性的人，直接提分手是不大可能的。

她覺得最有可能的情況是他先道個歉，然後找藉口忙工作，下次再約。等過個兩三天，他再傳個訊息，委婉說兩人不合適。這樣就成功做到了分手也很體面。

如她所料，唐之洲沉默了幾秒之後先和她道了個歉，可之後的劇情稍微有點偏離她預設的軌道。

唐之洲道完歉忽然輕笑，「其實我也不喜歡看話劇吃西餐，我是以為，你們女孩子會喜歡這種約會。」

很快，他又拿出了做學術的態度嚴謹發問：「那你喜歡什麼，溜冰、滑雪、彈跳床、射箭？」

蔣純甚至都聽到了電話那頭他打開鋼筆筆蓋，準備做筆記的聲音，

她頓了頓，「你都會？」

唐之洲：「稍微會一點。」

不，以她對唐之洲淺薄的瞭解，他說會一點的東西至少是在業餘愛好人士中十分出類拔萃的水準了。

見蔣純半晌沒吭聲，他繼續道：「還有鬼屋、密室逃脫這種，你喜歡嗎？我帶的研究生之前會帶女朋友去玩。至於吃，我都可以，你喜歡什麼我們就吃什麼。」

又過了好半天，蔣純才小聲叨叨一句：「這些我倒是都挺有興趣的……不過這不會是分

手飯吧？」

唐之洲好像怔了下，隨即又是一笑，「你在胡思亂想什麼。」

「我是合理懷疑！」

唐之洲沉吟片刻，坦承道：「雖然我們只相處不到一個月的時間，但我很喜歡你，也沒有打算和你分手。」

蔣純聽到這話時，正抱著一隻佩佩豬的公仔盤腿坐在床上看綜藝。也不知道是空調調錯了模式還是怎麼樣，她的臉瞬間紅成了粉紅豬同款。

她支支吾吾「哦」了聲，像訊號不好似的，後續吞吐。

唐之洲倒坦然，還主動和她商量明天的約會時間。

她含混應下，又說：「那個……不早了，我要睡了，你也早點睡吧。」

「現在就睡？」唐之洲饒有興致道，「我似乎聽到你還在看綜藝，這集綜藝前天晚上八點首播，不巧，昨晚和我研究生一起等數據的時候用二倍速看了一遍。聽臺詞，你應該才看到三分之一，真的要睡覺了嗎？」

「……？」

蔣純一巴掌闔上了平板殼，「真的要睡了，不然我不掛電話你聽我呼吸聲？」

唐之洲：「這主意不錯。」

蔣純：「……」

她只是隨便一提，這到底是什麼魔鬼。

唐之洲：「快點躺下。」

蔣純默不作聲從床頭抽屜扯出個蒸汽眼罩戴上，又關了燈，將手機放在枕頭邊，雙手交疊在小肚肚上規規矩矩閉眼。

「躺下了，我睡了。」

「嗯。」

蔣純本來打算躺個十幾分鐘，就裝成翻身不小心碰到手機掛斷電話。可沒想到蒸汽眼罩一戴，她不知不覺就真睡著了。

早上五點半，蔣純起來上了個廁所。

躺回床上時，她意外發現通話還沒中斷，迷迷糊糊不經思考地喊了聲：「唐教授？唐之洲？」

「嗯，醒了？」

「……」

「本來是沒醒的，被你嚇清醒了。」

唐之洲笑。

蔣純一手捂著被嚇得砰砰亂跳的小心臟，一手撈起手機，「五點半了，你還沒睡？」

唐之洲：「我已經起床了，準備晨跑。」

蔣純：「五點半就起床晨跑……你簡直太可怕了。」

唐之洲：「我體力很好的。」

「……？」

她有點懷疑他在暗示什麼但又沒有證據。

唐之洲下了樓，又提醒道：「對了，你晚上會說夢話，這是睡眠品質不好的表現。你應該多運動少熬夜，睡前可以喝杯熱牛奶，保持規律的作息。」

「我說什麼夢話了？」蔣純重點完全歪了。

唐之洲回想了下，「也沒什麼，只是表達了一下對我的愛慕之情。」

「……？」

「聽你鬼扯。」

蔣純毫不客氣掛斷了電話，然後蒙進被子。

過了半分鐘，她又從被子裡冒出來透氣，開始懷疑自己是不是真的在夢裡犯了花癡的老毛病。

唐之洲晨跑結束時邊喝水邊看了眼手機，發現他的小女朋友在十分鐘前傳來了一長段對自己說夢話的辯解之詞，末了可能是覺得這段辯解之詞不僅沒什麼說服力還挺有欲蓋彌彰之嫌，她最後又傳了個躺屍的表情，完全放棄了掙扎。

唐之洲忍著笑咽了水，想到他的小女朋友可能在床上翻來覆去睡不著暗自懊悔，就覺得特別可愛。

✕

其實蔣家那次帶有相親性質的聚餐，並不是唐之洲第一次見到蔣純。

他第一次見到蔣純，是在那次相親之前的一場跨界藝術沙龍上。

唐之洲回國後一直待在C大實驗室做醫藥人工智慧專案的研發，雖然國內大學的科學研究環境並不算好，他也不得不按規定帶研究生、上一兩門無關緊要的理論課，但整體來說，他接觸的圈子都比較純粹。

可他身在唐家，回了國，也就不可避免地要與平城名流們產生交集。

那次沙龍活動平城名流匯聚，千金名媛泰半到場，場面逢迎衣香鬢影，他熟悉，但不感興趣。

彼時蔣純正因嚴彧劈腿被人嘲笑，在家頹喪了好一段時間，這是她出門參加第一個活動，陪在她身邊的還是昔日煽風點火慫恿她挑釁季明舒的幾個塑膠姐妹。

蔣純人如其名，不知道該說單純還是單蠢。

當時她雖然覺得季明舒和這幾個姐妹說的不一樣，但她並不知道這幾個人根本就沒把她當朋友，也不知道這幾個塑膠姐妹本來就只是遊走在圈子邊緣，沒什麼真實家底。跟她玩在一塊兒一則想占她便宜，二則看不起她又嫉妒她，故意促使她在眾人面前出醜。

她頹喪完剛出門，塑膠姐妹們先是好一番安慰，見不遠處季明舒現身，又開始搬弄是非。

「欸，季明舒也來了。」

「呿，她能不來嗎？哪裡能出風頭哪裡就有她。」

「裝個什麼勁，回家還不知道怎麼跪舔她老公呢。」

蔣純打斷道：「我覺得季明舒不是你們說的那樣。」

「那她哪樣？」

「親愛的，你可別忘了她之前怎麼奚落你的。」

「對啊，她什麼時候看得起過你？」

蔣純再次打斷：「她沒有看不起我，她還幫了我。」

「幫你？幫你什麼了？」

沒等蔣純應聲，另外兩人又一唱一和：

「哎，對了，嚴彧劈腿的事情就是她散播出去的吧？」

「對啊，她不是在現場嘛，除了她還能有誰。」

蔣純難得思維敏捷一次，「你怎麼知道她在現場？」

外面流傳的版本裡，可完全沒有季明舒的存在。

那女的說溜了嘴，臉色一下沒繃住，挽了一下頭髮，有點尷尬，支支吾吾半晌也沒說出句完整的解釋。

蔣純好像忽然打通了任督二脈，推理能力瞬間飆至人生巔峰。

她恍然大悟道：「你是不是認識那小三？上次我看到你和那小三聚會的照片問你你還說不認識，只是朋友的朋友剛好遇到，你們根本就認識吧？」

說溜嘴的女生看了其他兩個女生一眼，想要尋求幫助。可其他兩個女生也心虛得很，別開目光不與她對視。

蔣純步步緊逼，「巴黎的事情是那小三主動散播出去的對不對，其中也沒少了你的功勞是吧？」

女生根本沒想到蔣純的腦子會突然靈光起來，又不是專業學表演的，臉上表現越發心虛。

蔣純憤怒值已經蓄滿，小嘴叭叭根本停不下來：「你自己這麼齷齪還潑季明舒髒水，你是不是特別嫉妒季明舒，嫉妒她眾星捧月高高在上？我現在想想真是覺得自己蠢，每次慫恿我去找季明舒麻煩都少不了你的份，還有你、你！」

她又指了指另外兩個女生，雙手環抱在胸前，氣笑了，一副「我算是看透你們了」的表情。

「我總算是想通了，季明舒怎麼就和你們說的完全不一樣呢。事實上你們幾個花著我的錢還把我當打手看我笑話，是不是覺得我特別蠢特別好欺負？」

「我告訴你們，要是敢再給我說季明舒壞話我打死你們！還有！我送的包我送的裙子鞋子都還給我！你們還要不要臉？！」

唐之洲聽到這，半口紅酒噎在喉嚨，不上不下。憋著咳了兩聲，差點沒憋出事來。

他實在沒有想到，在這種場合能聽到一個女孩子為了維護另一個女孩子，說出「打死你們」這樣的好笑威脅。

他下意識回頭看了眼，剛好看到被戳穿的女生氣急敗壞，又顧忌場合壓低聲音警告：「蔣純！你要鬧也看一下場合！」

「看什麼場合！我還會怕丟臉嗎！我告訴你們幾個，不把東西還給我你們就給我等著！」

唐之洲看著女生天不怕地不怕兇中莫名帶點可愛的清秀面容，不自覺彎了下唇角。

蔣純。

名字也滿可愛的。

這件事情的後續以季明舒站出來和蔣純統一戰線為結束。

季明舒這女孩子唐之洲是知道的，小時候就嬌縱跋扈，但好像也沒聽過她玩得很開、做事很出格的傳聞，想必心裡也很有分寸。和她玩在一起，倒也不是件壞事。

他還有一場研討會要參加，不能久留，但前後短短十來分鐘，蔣純已然給他留下了極為深刻的印象。

後續他忙了幾天工作，剛好週末能休假，家裡又說要幫他安排相親。

他回國後，家裡陸陸續續幫他安排過十多場相親，除卻最開始不知情被騙去參加的兩次，後來那些他基本上都沒去，去了也有本事快速結束會面。

這次聽說是老爺子當年的救命恩人，他本來打算時間近了再找藉口缺席，省得見面推拒雙方尷尬。可無意間得知對方姓蔣，仔細問了名字後他又轉了念頭，前往赴約。

×

得知這件事時，蔣純和唐之洲正在外面吃火鍋。

昨晚的通話一直在蔣純腦海中打轉，她實在是太好奇了，殷勤地為唐之洲涮了半碗生菜，才眼巴巴地問道：「你真的喜歡我嗎？你為什麼會喜歡我？」

唐之洲思忖片刻，便和她說起她並不知情的第一次會面。

蔣純聽完覺著有點囧，男人真是奇怪，竟然會覺得這樣很可愛很真實，而不是覺得這樣又蠢又兇。

她默默垂眸吃著東西，時不時啜一口可樂，額頭冒汗。

唐之洲見她辣得嘴巴通紅還不停徜徉在牛油麻辣湯裡，涮完還要裹一層乾辣椒粉，下意識便叫服務生上了瓶常溫的旺仔牛奶。

他打開旺仔牛奶的易開罐拉扣，將其推至蔣純面前，又沒收了她的可樂，「吃火鍋不要喝碳酸飲料，會拉肚子。」

蔣純嘴裡塞滿了一個小蟹黃包，「唔」了兩聲，秀眉微蹙，倒也沒多加反抗。

等咽完蟹黃包，她禮尚往來地在清湯鍋裡涮了涮肥牛捲，放進不辣的醬料碟，推到唐之洲面前。

唐之洲去接，她卻不鬆手，「還有一個問題。」

「嗯？」

「你條件這麼好，以前是不是交往過很多女朋友？」

唐之洲坦然地點點頭，倒沒否認，「我有交往過女朋友，但沒有很多。」

「幾個？」

「兩個。」

蔣純沒再繼續問，唐之洲卻主動交代道：「一個是大二時候交往的，我們是同院同學，交往了一個學期。另一個是研一的時候交往的，我們在一個課題小組，大概兩個半月。我都是被分手的那一個。」

蔣純：「……？」

空窗期這麼長，戀愛期這麼短還被分手？他這種條件這樣不科學啊。

唐之洲繼續回顧，「我其實不太懂怎麼談戀愛，剛相處的時候你可能會覺得，我為人處世很周到，但相處久了就會發現，我可能有點無聊，也不是特別會照顧女孩子的感受，還有很多其他缺點，但我以後會盡量改正。」

「你是說你有點直男癌？」蔣純不以為然。

唐之洲覺得挺貼切，但並不是很想承認。

蔣純夾了一片馬鈴薯，示意他張嘴。

他順從地張了張，蔣純就順勢將馬鈴薯塞進他嘴裡，還托腮笑咪咪地看著他，怎麼看怎麼滿意。

直男癌嘛，小意思，還有得治。

火鍋快吃完時，兩人剛好聊到下次去遊樂園玩，唐之洲看了下課表安排，說週四有空，蔣純欣然應好，開始掃蕩剩下的一盤小酥肉。

唐之洲看到課表，忽然想起上回的公開課，隨口問了句：「對了，之前你來聽我的公開課，明明就在樓下，為什麼說還要一刻鐘才到？」

蔣純差點沒被嗆到去世，接過他遞來的旺仔，喝了半瓶才順了氣。

唐之洲反應過來，有點抱歉地咳了聲，「我是不是問錯了什麼。」

蔣純擦了擦唇，面無表情道：「我是想裝一下矜持不想讓你覺得我特別在意一大早就出了門。」

緊接著她又補充了句：「我大概知道你為什麼會被分手了。」

唐之洲稍怔，又笑，「你真的很可愛。」

蔣純面無表情地塞了塊酥肉給他，「不要誇我可愛！誇我漂亮！」

「嗯，漂亮。」

✕

兩人一開始雖然很快就確立了戀愛關係，但由於速度過快瞭解不深，他們兩人時不時就要表演一番「我們不是很熟」的禮貌客套。

開誠佈公聊過之後，兩人關係明顯拉近了許多，也越來越像戀人。

蔣純親暱地幫唐之洲備註為「洲洲教授」，還盯著他把自己的備註改為了「純寶」，時不時就竄到C大，窩在他辦公室裡看綜藝。

唐之洲帶的研究生們一開始都很詫異，他們不近美色的唐教授竟然不聲不響就找了個女朋友，可不過一週便都習以為常，親切地稱呼蔣純為「師母」。

蔣純也不嫌他們把自己叫老了，時常帶一些好玩的好吃的給他們，還在唐之洲要找人麻煩的時候幫他們轉移注意力。

這群比她小不了兩歲的研究生全都心悅誠服拜倒在她門下，甘願為師母大人充當耳目，不遺餘力在學校宣傳唐之洲已經名草有主的事實，還不忘將唐之洲的一舉一動都如實上報。

唐之洲也絲毫沒有生氣，因為蔣純做任何事情都坦坦蕩蕩，做之前都會明明白白告訴他，她要做什麼、打算怎麼做、為什麼要這麼做，乾脆直白得讓人提不起任何脾氣。

和蔣純在一起，他感覺比從前開心了很多。

✕

週末的時候，兩人約好去玩密室逃脫。蔣純膽子比較大，看《咒怨》和《午夜凶鈴》都能面不改色地邊看邊吃泡麵，吃飽喝足還能安安心心地呼呼大睡，所以她直接選了難度最高恐怖指數也最高的午夜停屍間。

——但唐之洲並不知道。

她本來想著唐之洲不知道那她可以借機表現下自己柔弱一面，可一進密室，唐之洲就開始了嚴謹的挑剔。

「血跡未免太假，連動物血都不是，網路上好像說這家三個月前剛開業，可能是剛裝修的，還有油漆味，我們快點出去，裝修材料不合格，對身體不好。」

蔣純：「……」

好吧，她正想轉變下思路，不裝柔弱裝崇拜。

可她根本就沒看清唐之洲是怎麼破解第一個密室的！也不知道自己暈暈乎乎地怎麼就跟著唐之洲走到了第三間密室！

只見唐之洲在密室盡頭的數字迷盤上撥了幾個數字，唰唰唰，門開了，又是一間密室。

她終於插上了話：「那個是什麼，你怎麼這麼快？」

「柵欄密碼，很簡單的。」

炸什麼玩意兒？

蔣純挽住唐之洲的手，發自內心地崇拜道：「洲洲教授，你真的好厲害！」

唐之洲揉了下她腦袋，眼裡含笑，但沒說話。

到最後一個密室時，解謎方法已經一目了然，就是在迷宮圖上找到幾條正確通道中間會經過的數字，然後找到規律將這組數字正確排列組合，打開寶箱，拿到走出最後密室的鑰匙。

可唐之洲站在迷宮圖前，半晌沒動靜。

蔣純默默找出一條路，好奇問：「你是覺得這個太簡單了不想做嗎？」

唐之洲「嗯」了聲，又說：「我想和你多相處一會兒，你明天不是要和閨蜜出去旅遊嗎。」

蔣純臉一紅，偷瞄了唐之洲一眼，迅速湊上去親了一口。

唐之洲稍頓，用無名指指腹碰了碰下嘴唇，緊接著又收緊蔣純的腰，低頭深吻下去。

坐在攝影機前的工作人員本來還在笑話其他密室被嚇得瑟瑟發抖的玩家，目光一轉看到地下停屍房的鏡頭，只感覺這口狗糧來得有點突然，又有點太甜。

在地下停屍房扮演屍體的工作人員更是覺得委屈，人家勢如破竹一路通關，根本沒有觸發他停屍房裡的提示就解開了上一道謎。

這時他遠遠地從角落停屍房坐了起來，邊搧風邊看那倆背對著他的小情侶，本來還想等兩人回頭嚇嚇他們，結果這兩人不僅沒有回頭打算，還旁若無人地親起來了！屍體本體感受到了一種淡淡的羞辱！！！

✕

蔣純和唐之洲的感情進展得很順利。兩人三天兩頭約會，唐之洲負責搜羅好玩的地方，蔣純負責搜羅美食，小長假的時候，唐之洲還自駕帶她去鄰市爬山。

過年的時候，唐之洲帶她去唐家見了自己父母還有爺爺奶奶，起初她很緊張，生怕他父母對她不滿意，教育學權威、知名女性作家什麼的聽起來就很嚴肅，她小時候最怕寫作文了。

但她沒想到，唐之洲的父母都和她想像中不太一樣，私下性格很好，完全沒有嫌棄她文化水準不高的意思。

他媽媽還會向她請教現在流行的那些短影片軟體怎麼玩，有沒有做菜做得很好的部落客可以推薦之類的，總之唐家整體的氛圍都讓人很舒心。

唐之洲也跟著她去了蔣家拜訪。蔣宏濤就不用說了，對唐之洲滿意得不得了，喝了兩口感覺一來，還直接改了稱呼叫女婿。

雙方家長都拜訪過了，這也就算是得了兩家人的認可。

年一過，唐家那邊就主動邀約商量訂婚事宜，雙方家長還偷偷摸摸順便把婚期也給商量了。

他們兩人的婚期定在次年五月，因為婚紗和婚戒需要一定時間訂製，場地佈置等細碎繁瑣的事宜都還需要時間安排。

在這年年底，平城裡還出了件不大不小的事，嚴家最大的經濟來源嚴氏重工宣告破產。

俗話說得好，瘦死的駱駝比馬大，嚴家轉移了部分資產，也早早辦了移民手續，全家都移民到了加拿大，往後生活肯定不會太淒慘。

只不過嚴彧欠了不少債不想還，上了信用破產黑名單，雖就此遠走，但嚴家也算是從平城除名了。

蔣純對嚴彧早沒了心思，聽到這消息時連大快人心的感覺都沒有，她早就不在乎，也就根本不會因為他出事與否有任何情緒波動。

很久之後她才聽季明舒說起，壓垮嚴氏重工的最後一根稻草是唐家和她爸爸蔣宏濤一起放的。

她爸爸也是絕了，壓垮人家之前還不忘撈足最後一把油水，順便對人家進行一頓找不到人伸冤的拳打腳踢。

她總算明白了，當初嚴彧囂張退婚，讓蔣家那麼沒面子，她爸爸到底是怎麼忍下來的。

奸商報仇，十年不晚。

嚴彧是拍拍屁股走得瀟灑。

可他留下的小白蓮就慘了。

那小白蓮藝名叫宋子柔，還挺符合她清純小白蓮的氣質，攀上嚴彧後，她就明裡暗裡發過不少新聞稿說自己靠山硬、男朋友家裡有多有錢之類的。

其實娛樂圈小花找個嚴彧這種的，確實也算得上靠山硬了。

嚴彧被她蠱得五迷三道，後來張二生日會上，季明舒替蔣純出頭掮了她一巴掌，影片消息往外流傳，嚴彧衝冠一怒為紅顏發聲明稱兩人是正當交往，算是坐實了她女朋友的位置。

可嚴彧是嚴彧，嚴家是嚴家。

嚴家要找得力姻親，即便她使出了十八般武藝絆住了嚴彧，嚴家也從來不給她半個眼神。

一朝落難各自飛，宋子柔率先發表了分手聲明撇清和嚴彧的關係，順便蹭一波熱度。

可即便如此，她首部上衛星頻道的電視劇還是臉朝地給人家衛視平地撲出了一個大坑。

競爭對手們自是不遺餘力發通告買熱搜，恨不得將平日囂張搶資源的她踩進地心。

✕

蔣純最後一次見到宋子柔是在某品牌的秋冬發佈會上，彼時她已攀上新的男朋友，只不過新男友的品質和嚴彧無從相比，年紀一大把還家有正宮，雙方心知肚明，資源互換各取所需而已。

宋子柔剛好和她坐在一桌，溫溫柔柔地恭喜她要結婚，可話鋒一轉，又明裡暗裡諷刺她和唐之洲不甚般配，還是小心為妙。

蔣純翻了個白眼，懶得理她。

可她朋友硬是和她一句兩句把這話檯子搭了起來，聊到了前段時間去美國見到了唐之洲的前女友，人家前女友五官精緻氣質優雅，精通多國語言，現在在矽谷某家知名科技公司混得風生水起。

蔣純笑了聲，也懶得客氣，「宋小姐去美國做什麼工作，竟然還能見到矽谷的菁英？傳說中的伴遊嗎？我還以為只有圈子邊緣人才會做伴遊呢，沒想到宋小姐這種差點成為嚴家媳婦的當紅明星也會這麼的屈尊降貴，欸，宋小姐對別人未婚夫的前女友這麼關心，沒有順便去加拿大看看前男友嗎？」

「嚴家兒媳」、「當紅明星」、「屈尊降貴」以及「前男友」這四個詞，蔣純說得那叫一個別有深意百轉千回。

宋子柔的臉色霎時變得五顏六色分外精彩。

蔣純起身，笑咪咪地晃了下手上的大鑽戒，「希望我下一次見到宋小姐，不是在被原配暴打的熱搜裡，再見。」

✕

雖然對宋子柔的時候蔣純完全沒露怯，但事後想起宋子柔說起的唐之洲前女友，她還是忍不住在網路上搜了搜。

從臉書動態來看，唐之洲的前女友已經定居美國，而且也已和男友訂婚，過得幸福美滿。只不過宋子柔說的也沒錯，人家真的好優秀。

次日去試婚紗，蔣純有些鬱鬱不樂。

從試衣間出來，她還是沒忍住，揪著唐之洲的衣擺跟他絮絮叨叨半晌，末了又問：「你為什麼連你前女友那麼優秀的人都不喜歡，跑來喜歡我？我好像也沒什麼優點。」

唐之洲溫和地笑了笑，「你有很多優點，只是你自己並不覺得那是優點而已。還有，喜歡就是喜歡，沒有為什麼。」

蔣純抬眼看他，半晌終於笑了，「洲洲教授，我以後會做你的好妻子的。」

她拎起來婚紗裙擺在他面前轉了個圈圈，「我漂亮嗎？」

唐之洲眼含笑意地看著她，由衷讚美道：「漂亮。」

金絲雀養子記

季明舒孕中期近後期的時候，蔣純和唐之洲結婚了。

婚禮辦了兩場，一場在愛琴海邊，只邀請了親近的親朋好友包機前往。另一場在帝都的君逸華章，場面奢華隆重，高朋滿座。

為了兩人這兩場婚禮，唐家準備了足足一年，光是主婚紗就為蔣純訂製了四套，對這裡媳婦的愛重之心可以說是溢於言表。

婚宴過後月餘，還時不時有人要酸上一酸，無非是說蔣純好命，嚴彧都不要的暴發戶還真的嫁進了唐家。

季明舒：「你們有沒有簽那個？」

蔣純歪著腦袋，問：「哪個？」

「婚前協議啊。」谷開陽在一旁翹著二郎腿，邊翻季明舒的母嬰雜誌邊隨口幫答。

蔣純搖了搖頭，「沒有啊，我們兩人好像也沒什麼可協議的。」

她吃完一份布丁，又端起桌上另一塊輕乳酪。

季明舒想了想，好像也是，他們兩人確實沒什麼可協議的。可見蔣純一分鐘不到又消滅了一塊蛋糕，她忍不住捲起手中雜誌敲了敲蔣純腦袋，「你能不能別吃了你？」

「我為了穿那婚紗都餓了整整三個月了！吃點蛋糕怎麼了？」

蔣純納悶地斜睨著她，臉上明明白白寫著「我老公都不管我你瞎操心個什麼勁兒」。

季明舒振振有詞反駁道：「你這是吃點嗎？點是你這麼用的？不到半個小時就吃了四個蛋糕你怎麼不去開吃播呢你。」

蔣純被懟得啞口無言。

谷開陽抬眼輕嗤一聲，對蔣純說：「你別理她，她現在就是自己不痛快，非得讓我們兩人也跟著她一起不痛快。」

季明舒的死亡視線又嗖嗖移動到了谷開陽身上，「聯誼的時候怎麼不見你這麼伶牙俐齒。」

自從蔣純也加入到已婚人士隊伍中後，兩人就特別熱衷於給谷開陽這隻單身咕咕物色對象，還拉谷開陽去參加了好幾場聯誼。

奈何谷開陽自戀愛綜藝過後就對談戀愛這事興致缺缺，一心一意搞事業，每次去聯誼都不怎麼說話。

她參加的那檔戀愛綜藝為她吸來了一大批粉絲，現在社群的關注都已經超過了季明舒，一路狂奔向五百萬。

再加上她本身就是做編輯這一行的，對於社群經營更有自己的一套，獨立自主財務自由的新時代時髦女性人設立得飛起，收入也在跟自媒體接軌後短時間內實現了飛躍成長。

這時她聳聳肩，也懶得和孕婦爭辯，只和蔣純交換了個彼此都懂的眼神。

✕

其實谷開陽說得很準，季明舒最近就是很不痛快。

參加完蔣純婚禮，岑森就強行中止了季明舒的所有工作和所有娛樂活動。想要出個門，保鏢不許司機不送，還得等著岑森有空親自陪她出行，大多時間她都只能待在平平無奇的豪宅裡虛度光陰。

蔣純可能跟她有仇，為了祝賀她懷孕，還歡天喜地送了她一個唐之洲設計的小機器人。

小機器人萌萌的，長得還挺可愛，但卻是個行走的唐僧，每天跟在她屁股後面嗡嗡嗡，提醒她喝水，提醒她站起來走兩步，提醒她出門看花看草呼吸新鮮空氣……

最可怕的是它還有高清攝影機功能，岑森以隨時和她保持聯繫為由名正言順地用她閨蜜送的禮物監視著她。

如果玩手機看電視的時間太長又恰好被岑森看到，機器人裡就會冷不防傳來機器森森的人工提醒，「明舒，起來活動一下。」

她最開始還會擺出「不聽不聽王八念經」的不配合態度，岑森倒也沒有多說什麼，只是第二天就把她訊號斷了，讓她做湖心島上美麗而孤獨的孕婦。

後來她還起了把這玩意兒扔進明水湖毀屍滅跡的念頭，可想到無聊發慌時還能反向念經干擾岑森，她又把這念頭給壓了回去。

「岑氏森森，你在不在，今天什麼時候回來？」看完綜藝覺得無聊，季明舒斜睨了眼小機器人。

小機器人裡很快傳出聲音：「今天要晚一點，還有一個視訊會議。」

季明舒：「你太過分了，不讓我出門也不陪我！」

岑森：「忙完這幾天就回家陪你，乖。」

季明舒想了想，退而求其次撒嬌道：「那我今晚想吃你做的小排骨。」

岑森稍頓片刻，「好，我回去幫你做，你先吃點東西。」

「嗯，那親親。」

岑森無視了周佳恆敲門，嗓音略低，「嗯，親親。」

季明舒這才滿意。

岑森說話算話，離預產期還有一個月的時候，他就將辦公地點挪到了家裡，騰出更多時間陪季明舒，出差全都由其他高管代替，除了必要的會議和應酬，他很少因公露面。

✕

在岑森的嚴密看護下，季明舒預產期提前三天平安生產了。

也不知道是為了防止二十多年前的錯誤重演還是怎麼，醫院早早安排了清場，生產當天岑季兩家來了十幾個人，都焦灼等待著小寶貝的出生。

好在生產過程較為順利。

健康男嬰，三千八百克。

雖然沒有提前檢查性別，岑家也沒表現出對性別的要求和期待，但這麼大家業，對繼承人的那點心思其實也無需挑明直言，得知是男孩後，兩家人心裡都暗暗舒了口氣。

其實在這之前季明舒和岑森就性別問題有過討論，季明舒起先還以為岑森會說「只要是你生的我都喜歡」，可岑森思忖片刻後說：「我比較希望是男孩，第一胎是男孩的話，以後可以保護妹妹。」

「……？」

雖然他說的好像挺有道理，她小時候就還蠻享受被自己堂哥們保護的感覺，但——

「誰說要生第二胎？第一胎還沒落地你是不是想得太遠了？」

岑森當時回答得還挺淡然，「人生如棋，走一步，當然要先看十步。」

他還拿出當初寫約會計畫那本小筆記本給季明舒看，「這是我休息時候寫的一點計畫，不是很完善，以後有空我會做一份完整的計畫書。」

季明舒狐疑地接過瞄了幾眼，這計畫還是延續了岑總一如既往的嚴謹風格，一二三四分門別類，完善得匯入電腦就是一份漂亮的規劃表。

她一時竟不知道該為寶寶感到開心還是默哀，他們爸爸休息時候隨手一寫就把他們三歲到十八歲的人生規劃寫了整整二十頁，中間還有若干依據不同興趣衍生出的規劃分支，甚至還明確規定了十八歲以後才可以談戀愛。

當然了，作為一位嚴謹的老父親，取名重任岑森自然也責無旁貸。

岑氏族譜這一輩男孩單名從石，女孩單名從玉。他早就為寶寶挑好了名字，女孩單字為「琢」，男孩單字為「硯」。君子端方，如玉如硯。

如岑森所願，先出生的是岑硯寶寶。

寶寶生下來後，大家都自動自發地叫他「硯寶」，只有季明舒見他皺皺巴巴還有點發黃，一副不是很乾淨的樣子，非要叫他「小邋遢」。

岑森糾正過幾次，可季明舒就是不改，還日常發問：

「小邋遢睡覺了嗎？」

「小邋遢游泳了嗎？」

「小邋逷喝ㄋㄟㄋㄟ了嗎？」

「小邋逷是不是哭啦？」

可能是為了表示對母上大人稱呼的不滿，小邋逷硯寶越長越乾淨白嫩，眉眼間有一點點岑森的冷酷，笑起來卻又可可愛愛，和季明舒像同個模子刻出來的一般，那雙眼睛也清澈明亮得像兩顆水晶葡萄。

再加上家裡阿姨很勤快地幫他換裝，讓他時時保持整潔如新，他和「邋逷」二字越來越沾不上邊。

但他母上大人叫都叫習慣了，一時也改不過口。季如松季如柏聽見，訓了兩回，可季明舒也沒能改過來。

×

其實在小邋逷硯寶剛出生的第一年裡，季明舒和岑森的生活並沒有發生什麼翻天覆地的改變，兩人甚至還沒有太多為人父母的自覺，孩子大多時候都是幾個阿姨在帶。

季明舒坐完月子後，慢慢開始著手準備自己的設計工作室。雖然每天都會留幾個小時和硯寶相處，但大多時候就是讓阿姨抱過來玩一玩。

她還會拍一些把自己小腳腳湊到硯寶鼻子下面、把雞腿湊到硯寶嘴邊、把硯寶放到自己衣帽間展示架上的各種搞怪照片，在旁邊P上「媽媽的小腳腳就是香」、「想吃嗎？你沒牙」、「清倉拍賣一塊一個」等文字，然後再傳到姐妹群組裡，大言不慚對谷開陽和蔣純這兩位無孩人士洗腦：如果寶寶生下來不是為了玩，那將沒有任何意義。

相較而言，岑森雖然沒有太多時間陪伴硯寶，但陪伴時還稍微顯得盡職盡責一點。他會餵硯寶喝奶吃副食品，抱著硯寶去外面散步，陪玩小玩具等等。

季明舒每次看岑森做這些就覺得有點反差違和，甚至有點搞笑。

因為岑森做這些的時候，就是非常總裁思路的一個嚴父形象，好像在培訓自己的員工什麼時候該幹點什麼。

硯寶三個月時還不會翻身，岑森為此推了一天的工作在家陪他練習。

可不管他怎麼耐心陪練，硯寶就是紋絲不動極度不配合。

季明舒見岑森耐心陪了一會兒之後周身瀰漫著沉沉的低氣壓，整個人都笑得不行，總覺得岑森下一秒就要冷冷地對硯寶說：「你這種在集團裡就等於考績墊底，早該被人事協商辭退。連翻身都不會，怎麼配做我兒子。」

可能是感受到了總裁爸爸的殷殷期盼，雖然在「三翻六坐九爬」中失了先機，但硯寶迎頭追趕，硬是在六坐九爬這兩項上實現了逆襲反超，且在十個月的時候就開始叫爸爸。

岑硯寶寶還小的時候，季明舒和岑森都沒有太多為人父母的自覺，因為寶寶即便哭鬧也是咿咿呀呀，大多情況阿姨就可以哄好。

可等到硯寶一歲半、會說斷斷續續的簡單句子、又和新手爸媽混熟了之後，他哭鬧時就會眼淚汪汪地喊「拔拔麻麻」，喊得還挺情真意切撕心裂肺。

阿姨簡單哄哄已經沒辦法解決問題，季明舒或岑森必須親自上陣。

雖然哄小孩子有點頭疼，但隨著硯寶一天天長大，季明舒和岑森也慢慢意識到，他不是生下來有空抱來玩玩、沒空就不用多管的小玩具，而是會長久存在於他們生命中不可或缺的一部分，很多事情本就不該再假手於人。

季明舒和岑森的原生家庭其實都很破碎，兩人也明白，一個完整溫馨的家庭對小孩的成長到底有多重要，所以對硯寶也越來越用心。

如今岑森已經正式入主岑氏集團，身兼君逸總裁和岑氏副董一職，身上擔子更重，工作也更繁忙，但他每個月還是會空出兩天安排一家三口出行，無需出差的日子也會早點回家陪伴季明舒和岑小硯。

季明舒的室設工作室也已步入正軌，工作室裡包括她在內正式的設計師有五名，設計助理十名。目前只做創意向的室內設計，服務對象多是藝術館、咖啡廳、私人別墅等，每年還會承接定額的公益性免費設計。

雖然工作室報價很高，但慕名而來的人絡繹不絕，設計服務基本都得約到三個月以後，且季明舒本人只接感興趣的項目。

沒辦法，她活動多，孩子還很黏她，實在沒有更多精力花費在不感興趣的項目上。

與此同時，她還以工作室的名義設立了慈善基金，每個專案都會有定額抽成捐獻給慈善基金，用以幫助山區兒童上學。

✕

硯寶兩歲半時，上幼稚園的計畫得安排進日程了。

帝都公立私立的幼稚園多得晃眼，季明舒挑了幾家比較好的進行對比，可總感覺各有優劣，怎麼也拿不定主意，於是她打了通電話給岑森。

岑森接到電話時，正和池禮、江徹在會所玩撲克牌。

池禮和江徹最近有意合作一個網路新平臺開發的專案，但雙方不甚熟悉，岑森便做了這個引薦的中間人。

通話結束後，岑森將手機放至一旁，又慢條斯理將蓋在桌上的牌展成扇形，抽出對Q，沿著桌邊輕敲，邊出邊淡聲問：「江思舟讀哪所幼稚園？」

江徹輕鬆壓了對K，「你家岑硯要念幼稚園了？」

岑森「嗯」了聲。

江徹又說：「江思舟讀的那所幼稚園還不錯，但在星城，你確定嗎。」

岑森稍稍一頓，才想起不在同一城市這事，隨即又看向池禮。

池禮眼都沒抬，屈著指骨在桌面輕敲，一語雙關道：「過。」

池禮比他們要小上好幾歲，婚都沒結，確實也談不上對幼稚園有什麼瞭解。

岑森沒再多問，這把結束，他便起身從周佳恆手中接過外套，「你們聊。家裡有事，我先走了。」

兩人坐那，都沒留他。

等人走後，池禮垂著眼切了切牌，輕嘲一聲：「老婆奴。」

對面江徹挑眉，沒接話。

池禮將牌放下，旋即想起什麼，又不以為意地笑了聲，「我忘了，江總也是。」

「老婆奴也沒什麼不好。」江徹淺抿一口威士卡，話題一轉，終於提起專案。

✕

池禮和江徹繼續聊合作的時候，老婆奴本尊已經回到家陪老婆挑幼稚園。

季明舒：「這家國際幼稚園的環境師資都不錯，他們的小學也很好，如果從幼稚園一直升到小學的話，同學就會一直認識，不用等上了小學又去適應新的環境。總體我覺得還不錯，這個應該有商量餘地的。」

季明舒又給他指了指另一家，「這家也不錯，口碑很好，開了很多年了。但相對而言，他們一個班人數有點多，環境也有點老舊。」

「還有這家……這家沒什麼大毛病，比較不好的一點就是他們只能全托，小邋遢才這麼點大，全托的話我有點捨不得欸。」

介紹完，季明舒依舊糾結，「反正我覺得不錯的就這幾家，你都看看。」

岑森點點頭，拿起審閱合約的精神認真看起了季明舒遞來的幼稚園資料。

季明舒在一旁坐著，又托腮碎碎念：「不過現在幼稚園為什麼這麼誇張，我們念書的時候沒這麼誇張吧，這些每一家都要父母參加面試欸。」

「你說面試會考我們什麼，我們需不需要先準備簡歷什麼的，我覺得也不一定要，肯定有商量餘地的……話說回來，我除了上大學面試，都多少年沒面過了。」

岑森邊聽季明舒叨叨邊認真對比幼稚園資料。

正在這時，君逸新提拔上來的總經理忽然打了通電話給他，說他們現在打算和澳洲分部那邊開個例會，向他請示有沒有空參加。

他徑直回了句「沒空，在家」。

總經理秒懂，禮貌掛斷電話，識趣地不再打擾。回過頭和會議室的高管們轉達，總經理也是直接說「岑總在家」，大家互相交換了個眼神，你懂我懂。

岑森這兩年的顧家程度，集團上下皆有耳聞，甚至外界也多有調侃。

他從澳洲回來的這幾年，岑氏的商業帝國版圖擴張了不少。季氏集團在與岑氏集團的合作中也得益頗多，甚至有超過鼎盛時期的意思，兩家姻親關係已經是出了名的牢不可破。

之所以說是牢不可破，也不光指兩家的利益牽絆，這幾年裡，岑森對季明舒明裡暗裡的愛惜尊重外人也都看得分明。

岑森不愛露面，難得接受一個財經採訪，都不忘克制地提上一兩句自己的老婆兒子。且這兩年參加應酬，他不光自己不帶女伴，連合作對象都不能帶。

之前有個不識相的塞了回女人給他，不知怎地，本來談得差不多的合作最後告吹了，對方開始還不知道怎麼回事，仔細一打聽才知道是塞女人這件事惹了岑森不快。久而久之，這就成了和岑森談合作時一條不明說的不成文規矩。

再加上業內還常傳出岑太太一通電話岑總就從酒局上撤了，送禮給岑總得送岑太太和岑小公子能用上的才合心意等等傳聞，私下閒暇時，調侃他家事的還真不少。

畢竟如今這社會，有錢有權還年輕多金的男人都很難專情，不出軌的已算珍稀品種，顧家還一心一意的，稱一聲「老婆奴」也不為過。

岑森正就幼稚園問題和季明舒商量，岑小硯小朋友睡醒了，在阿姨看護下，「噠噠噠」地邁著小短腿從樓上爬下來了。

兩歲半的岑小硯寶寶長得玉雪可愛，小臉嘟嘟，皮膚白嫩，小瀏海柔軟地搭在額前，隨著他走路的姿勢一蓬一蓬的，萌得人心尖發顫。

他下了樓梯就撲過去對準季明舒的臉蛋「啾」了一口，然後又對準岑森的臉「啾」了一口，脆生生地喊了聲：「麻麻！拔拔！」

岑森眼裡帶著不甚明顯的笑意，一手便將岑小硯攬起來放到他和季明舒的中間坐下，說：「爸爸媽媽在幫你挑幼稚園。」

岑小硯腦海中冒出了一個問號，「幼稚園是什麼東西呀。」

季明舒把他抱到自己腿上坐著，捏了捏他的小臉蛋，又舉著他的小手手做伸展運動，耐心解釋，「就是一個有很多和你一樣可愛的小朋友一起玩的地方呀。」

岑小硯天真無邪地問了句：「那，那裡有我的小妹妹嗎？」

岑森和季明舒不約而同一頓，又對視了眼。

岑小硯還在繼續發問：「為什麼曾奶奶曾爺爺經常說我有小妹妹，但是我還沒有見過呢。」

岑森似是不經意般問了句：「你想不想要小妹妹？」

「想要想要！」岑小硯啄米似地不停點頭，掰著小胖手手數數，「一、二、三、四！有小妹妹，我們家就有四個人，我就不是家裡最小的啦！我可以帶妹妹玩幼幼園噠！」

季明舒控制住他的小胖手舉高高，裝出兇巴巴的樣子嚴肅道：「不，你不可以！臭小邋遢！」

岑小硯扁了扁嘴，委屈巴巴地扭過腦袋看母上大人，小小聲道：「硯寶不是小邋遢，硯寶可以噠！」

岑森似有若無地輕笑，聲音清淡，「你想要小妹妹也不是不可以，但這需要你媽媽配合。」

岑小硯一聽，又眨著亮晶晶圓溜溜的眼睛期待地看向季明舒，「麻麻你快合！」

「……」

季明舒嫌棄道：「你以為你媽媽是扇貝嗎？」

岑小硯聽不太懂，小臉上寫滿了疑惑。

岑森雙腿交疊，靠在沙發裡翻著資料，漫不經心說了句：「你問媽媽，今晚要不要吃紅燒小排骨。」

岑小硯搖著季明舒手臂，「麻麻你今晚要不要吃紅燒小排骨！」

季明舒面無表情，「麻麻不吃，麻麻拒絕。」

其實這兩年多裡，岑森和季明舒的夫妻生活過得還挺頻繁，尤其在季明舒生完孩子調理完身體後的那兩個月——她以往仗著懷了孩子在岑森身上作的怪全都被岑森連本帶利討了回去。

當時岑森已經吃素近一年，也沒什麼憐香惜玉的心思，不管怎樣都不停，還會一遍遍為她回顧她懷孕時對自己的故意折磨。

季明舒感覺自己這輩子認的錯都沒那兩個月認的多。如果不是後續岑森工作繁忙經常出差，她都不知道自己哪年哪月才能脫離苦海。

經過了長達兩個月的報復，如今兩人的夫妻生活基本穩定平緩，季明舒也終於逃出生天。

雖然自己孩子問及小排骨的時候嘴上說著拒絕，可吃飯時小排骨上桌，季明舒還是不自覺地瞄了好幾眼。

硯寶乖巧懂事，知道自己麻麻最喜歡吃的就是紅燒小排骨，還不甚熟練地豎著筷子想幫她夾，可他手短，夾了半天都沒夾到。

他有些沮喪，扁了扁嘴，又奶聲奶氣地求助岑森，「拔拔，你拿排骨給麻麻，麻麻喜歡小排骨，但是硯寶拿不到！」

岑森掃了眼坐在對面吃草的季明舒。

而季明舒垂著眼，刻意避開他的對視。

他也不知道在想什麼，慢條斯理地伸出筷子，一塊，兩塊，三塊……將最嫩的小排骨都夾到了她的碗裡。

硯寶笑彎了眼，頭頂豎著三根小呆毛，仰頭對岑森說了句：「謝謝拔拔！」

緊接著又學動畫片裡的家長，轉頭語重心長道：「麻麻，有小排骨啦，你要好好吃飯哦！」

「……」

季明舒無語地夾了一塊放到他碗裡。

他嚴肅地搖搖頭，「硯寶沒有很多牙牙，咬不動噠！」

季明舒捏了捏他的包子臉，毫不留情嘲笑道：「你還知道自己是個牙都沒長齊的小屁孩呢！」

硯寶乖巧點頭，「嗯嗯，知道噠！」

他伸出小短手，也去捏季明舒的臉蛋。

季明舒被他蠢萌的樣子擊中了，捏著他晃了晃，「小邋遢，你怎麼這麼可愛！」

他笑得露出小乳牙，「麻麻也可愛！」

他們母子倆在這邊玩得熱鬧，被冷落在對面的岑森忽然輕敲碗邊，淡聲道：「好好吃飯。」

岑小硯又迅速作出敬禮模樣，「好噠！」

他還不忘補充：「對啦對啦，拔拔也可愛！」

季明舒沒忍住笑出了聲，岑森盯著他看了兩秒，唇角也不自覺地往上翹了翹。

×

這頓飯有了岑小硯的攪和，季明舒總算是名正言順吃上了小排骨。

飯後，一家三口出門逛了趟超市，權當幫助消化。等回了家，三人又坐在地上，一起玩樂高積木和恐龍拼圖。

岑小硯精神很好，一直玩到十點才有睏意。季明舒和岑森在他睡著之前幫他洗了個澡，然後把他放到床中間，講故事給他聽。

他們兩人講的還是雙語版，季明舒一句中文，岑森一句英文，催眠效果是一個立竿見影，不到十分鐘岑小硯就摸著小肚皮呼呼入睡了。

「小邋遢，小邋遢？」

季明舒輕輕喊了兩聲，岑小硯紋絲不動。

岑森比了下噤聲的手勢，無聲下床，將岑小硯抱回自己的房間，吩咐阿姨守著休息。

這時間對成年人來說還早，回到臥室，岑森又擁著季明舒在床上看了部電影。

當然了，這電影兩人也沒認真看，不到半小時他們兩人就心照不宣做起了別的事情，且一直到電影結束放工作人員和贊助商名單都還沒完。

最後岑森沉啞地附在季明舒耳邊說了句：「硯寶說他想要小妹妹。」

季明舒累得不行，整個人都處在一種出氣多進氣少的狀態，大腦一片空白，根本沒空說話。

等了大概有五秒，岑森認真貫徹落實了「你沉默就代表你答應」這一國際慣用法則，為硯寶期待的小妹妹之到來身體力行地做出了巨大貢獻。

×

硯寶三歲的時候，要正式去幼稚園上學了。

季明舒精心準備了很多小衣服小鞋子，還有各式各樣的小書包，一心想著讓硯寶成為幼稚園最好看的小孩。

可她萬萬沒想到，自己準備的東西一樣也沒用上。幼稚園發了統一的制服、書包，甚至連小手錶和小水杯都一應俱全。

季明舒有點氣餒，晚上夫妻夜話，她靠在岑森懷裡念念起這些瑣事，還吐槽幼稚園這是抑制小朋友審美的個性發展。

可岑森覺得學校做得不錯，說：「小朋友最重要的事情是學習，將精力浪費在比較穿著上，毫無意義。」

季明舒乍一聽覺得還挺有道理，可想了想又覺得很莫名其妙。

她從岑森懷裡退了出來，質問道：「什麼叫做小孩子最重要的事情是學習？他才三歲能學什麼，開開心心過童年不就好了。我早就想說你了，你不要對你兒子要求那麼高好不好，你這叫揠苗助長！」

岑森不以為然，「三歲可以學的東西已經很多了。」

「那你三歲會什麼你說說。」

岑森略一思忖，答道：「我三歲的時候會背唐詩，可以進行簡單的英文對話，還開始了跆拳道和鋼琴的學習。」

安父安母都是知識份子，從小便很看重小孩教育，他當初念的幼稚園也是星城公立幼稚園中最好的一所。

季明舒聽完默了默，不合時宜地想偏了點：腦子好的人就是不一樣，竟然連三歲時會幹什麼幹過什麼都記得清清楚楚。

就在季明舒沉默的這一小會兒，岑森已經開始和她說起了岑小硯的各項培養計畫，而且他竟然真的寫了一份能列印成冊的完善版計畫書。

季明舒半晌沒說出話，都不知道該為岑硯小朋友往後的悲慘生活鞠躬默哀，還是該為他爹強大的執行能力頂禮膜拜。

岑小硯也許是冥冥中預感到了什麼，躺在小床上睡得迷迷糊糊，忽然「哈秋」了一下。好像有點冷呀！他無意識地翻了個身，裹緊小被子，瑟瑟發抖！

✕

小朋友初入幼稚園的不適應大概是家長孩子都必須經歷的一遭。

岑小硯第一天去上學前還保證得特別好。可真把他放在幼稚園，他急得直跺腳，還開始了撕心裂肺的入戲型表演，「嗚嗚嗚哇嗚嗚嗚爸爸媽媽你們不要硯寶了嗎？硯寶會乖乖噠嗚嗚嗚！」

幼稚園老師想要哄他抱他，他又小碎步往旁邊挪了挪，響亮地「哇」了一聲，姿態極其抗拒。

見岑小硯哭得傷心絕望，季明舒心疼得一揪一揪的，立馬上前將他抱起，輕輕拍著他的背，難得溫柔地哄道：「硯寶最乖啦，爸爸媽媽怎麼會不要硯寶呢，硯寶是全世界最可愛的小朋友對不對？可是我們出門前是不是說好了，以後要乖乖在幼稚園上學，下午放學爸爸媽媽就會來接硯寶回家的呀。」

「不！哇嗚嗚嗚！我要……我要爸爸媽媽和我一起，嗚嗚嗚我們一起上幼稚園！」岑小硯哭得鼻涕泡兒都冒了出來，打了個嗝，說話也變得斷續。

季明舒還想再哄，岑森便冷淡地喊了聲他的大名，「岑硯。」

西伯利亞寒流來襲，岑硯小朋友被嚇破了一個鼻涕泡兒。

岑森上前，揉了揉他腦袋，「你是男子漢，不能說話不算話。」

季明舒抬頭怪道：「你不要兇他！」

岑森默了默，「我沒有兇。」

「……」

那一臉「你今天不給我進去念書以後就不是我兒子了」的表情不是兇那是什麼？

季明舒還想再說點什麼，可沒想到岑小硯這不爭氣的還真吃岑森這一套，雖然還抽抽噎噎，但也沒再表現出對幼稚園老師的極度抗拒。

和季明舒再三確認放學會來接之後，岑小硯戀戀不捨含著一包淚，一步三回頭地邁著小短腿，和幼稚園老師一起進了學校。

季明舒鬆了口氣，只不過回程路上，她還被自己孩子那一哭哭得慌慌的，心裡總有點悶。她打開教室的同步攝影機，很快，她的心慌被治癒了。因為岑小硯的哭不是個例，他們整個班上的小朋友都在無組織無紀律地四處遊走嚎啕大哭。

岑小硯可能是剛剛在外面哭過了，這時在教室裡還沒力氣加入嚎啕大軍，反而是遞了顆糖果給旁邊哭得羊角辮都炸開的小女孩以示安慰。

很行啊，三歲就會撩妹了。

季明舒被治癒的同時甚至還有點欣慰。

✕

度過了哭哭唧唧的第一週，到了第二週，幼稚園的情況倏然恢復正常，小朋友們也有點小現實，發現哭解決不了問題，立馬就停了不再白費力氣。

而與此同時，岑森對岑小硯的培養計畫也開始了。

起先，季明舒有點擔心岑森這培養計畫會為岑小硯帶來適得其反的效果，她總覺得三歲的小孩子就接觸這麼多東西有點太早了。

可觀察了一段時間，她發現岑小硯小朋友的適應能力和學習能力都強得有點過分。

在岑森的計畫裡，三到四歲這一年是岑小硯興趣特長的開發挖掘期，他會讓岑小硯嘗試不同的東西，從而去確定他對哪一項最感興趣，在哪一項上最有天賦。

可岑小硯不管是畫畫鋼琴小提琴，還是跑步武術跆拳道……都能從同齡學習的小朋友中脫穎而出，老師們對他都讚不絕口，直誇他聰明有天賦。

問他喜歡哪樣，他也沒有特別偏好，只說都喜歡。

於是幼稚園小班念完，聰明有天賦的岑小硯小朋友就直接跳級上了大班。

幼稚園大班不同於以往玩玩鬧鬧就是一天，學校會開始教一些學前預備內容，還會為小朋友們安排作業。

某個週五，岑小硯小朋友被接回家，季明舒和岑森陪他玩了會兒，又照例問他老師今天為他們安排了什麼作業。

岑小硯小朋友回憶了一下，雙手托腮說：「老師讓我們想，爸爸媽媽是什麼，等下週上課，圓圓老師會叫人回答。」

季明舒也學著他的樣子，托腮問：「那小邋遢你覺得爸爸媽媽是什麼呢。」

岑小硯歪著腦袋，「我想和其他小朋友說不一樣的。」

岑森瞥了他一眼，似乎想知道他要說的到底有多與眾不同。

他調皮地將腦袋歪向另一邊，「爸爸媽媽是騙子。」

岑森：「……」

季明舒：「……」

兩人對視一眼，岑森問道：「爸爸媽媽怎麼會是騙子？」

他仰著小臉控訴：「爸爸你說，硯寶會有小妹妹噠，但是過了好久好久好久了，硯寶還是沒有小妹妹。」

季明舒正在吃橘子，差點沒被噎到去世。

岑森也頓了好一會兒，「爸爸媽媽沒有騙你，爸爸媽媽也已經很努力了。」

大概所有人都沒想到，岑森和季明舒一直努力到硯寶上小學二年級都沒有添上個承諾已久的小妹妹給硯寶。

這幾年兩人沒少看醫生、也沒少請營養師調養身體，甚至數度做好了充足的孕前準備，季明舒還煞有其事地學著擺了擺事後姿勢，可小妹妹就是半點要來的跡象都沒有。

日子這麼一天天過著，岑小硯成為小學生後，岑森和季明舒也慢慢歇了迎接琢寶的心思，一則兩人身體都沒問題，遲遲懷不上只能說緣分這事強求不來，二則顧著岑小硯這一個小學生，他們兩人就已經夠頭疼了。

原本他們兩人以為岑小硯在畫畫鋼琴小提琴等興趣培養上表現突出，學習自是無需操心。哪成想上一年級後，岑小硯回回考試都在班級中下游飄著，到二年級更是光榮地成為了吊車尾常客。

看發下來的考卷，岑小學生字跡雖略帶幾分學齡男童的率性不羈，但也能看出是在認真作答。

可仔細看作答內容，季明舒每次都是一腦袋問號。

「小紅買了十本新書，看完三本之後還剩幾本。十減三不是等於七嗎？為什麼你要回答十呢？」季明舒指著考卷上一道被老師劃了鮮紅叉叉的題目耐心問道。

岑小硯萌萌抬頭，額前三根呆毛豎著，理直氣壯道：「書看完了也不會飛呀，當然還剩十本。」

季明舒：「可看完了三本……」

岑小硯搶話道：「看完了難道就丟掉嗎？太浪費啦！而且硯寶學了一個古代的詩，『讀書千遍，其義自見』，一本書要留著看很多遍！」

季明舒頓了幾秒，又看了眼題目。

好吧，題目好像也沒有明確問到看完三本之後剩下幾本沒看，那岑小硯這麼說好像也沒什麼毛病。

沒等季明舒糾結完，坐在另一邊的岑森已經拿筆在題目旁邊做了個標記，沉聲下了結論：「出題不嚴謹。」

岑小硯星星眼看著岑森，深表認同地點了點頭。

岑森又糾正他，「『讀書千遍，其義自見』，見在這裡讀ㄒㄧㄢˋ。另外這不是詩，你可以說它是成語或者古文。」

岑小硯像小大人似的托著腮思考了會兒，疑惑追問：「為什麼讀ㄒㄧㄢˋ，為什麼不是詩呢？」

岑森難得耐心，掰開揉碎了對這好奇寶寶解釋，倒不像一些家長覺得小孩子聽不懂敷衍兩句就不解釋了。

等到岑小硯結束追問，一家三口繼續分析考卷，季明舒卻發現，幾乎每一個看起來錯得離譜的答案，岑小硯都能用自己的思維方式給出一些好像也有那麼幾分歪理的說法。

而且問完一遍後，岑小硯總是抬著那張小臉煩惱又不解地看著她問：「麻麻，你是不是也覺得硯寶沒有做錯，那沒有做錯老師為什麼不幫硯寶打勾勾呢？」

季明舒：「……」

這個問題實在是不好回答，非要這思維能力活躍的小學生按常規思路去思考好像對他來說也是一種限制，可如果一直鼓勵他這樣跳躍性思考，她又擔心給這小學生養出一種非要不走尋常路的執拗。

作為平日家中最能叨叨的人，面對岑小硯略帶一絲委屈的詢問，季明舒一時竟有些無言以對，並且還生出了幾分「不配為人母」的莫名自責。

季明舒沒辦法，小學生眼巴巴看著她，她也就只能眼巴巴看著小學生他爸。

小學生他爸默契抬眼，和她一瞬對視，忽然鬆了鬆領口，一側唇角似有若無地往上挑了下，眼裡似乎含著些些笑意。

朝夕相處這麼多年，季明舒如果還不懂岑森這些小動作微表情隱含的意思，這岑太太等於是白做了。

她默默移開視線，又若無其事般摸了摸岑小硯的腦袋。

岑森看出她默許的意思，唇邊不甚明顯的笑意加深了幾分。

岑小硯渾然不覺自己的拔拔麻麻在他面前透過幾個小動作小眼神已經達成了一筆不可告人的「交易」，還自顧自陷在明明沒有答錯老師卻不幫他打勾勾的憂愁中不可自拔。

好在他說一不二的父親大人在「交易」結束後，很快便選擇站在了他這一邊，告訴他他沒有做錯，還鼓勵他以後也可以按照自己的思維方式去理解題目，岑小學生這才鬆了口氣、沒有繼續憂愁。

進行完小學生每日的家庭輔導，時間還早，岑森打了通電話給小學生的班導，針對學校考卷出題的嚴謹性問題提出了一些自己的意見，同時針對部分題目鼓勵答案合理多元化、不要拘束小朋友思維想像力的問題和老師進行了一番深入探討。

季明舒在一旁邊吃橘子邊斜睨他，心裡冷呵。

臉上裝得一本正經像什麼百年難得一遇的慈父似的，實際上勞駕他親開尊口哄哄自家小學生都得從她身上撈點好處。呸！岑扒皮本皮！

似乎是有所感應，岑扒皮本皮忽然看了她一眼，又指了指自己有些乾燥的喉嚨。

季明舒看懂了，但懶得理會，眸光一斜，繼續美美地往自己嘴裡送著橘子。

可一瓣剛剛剝好的橘子送到嘴邊，她的手腕忽然被人握住。

岑森俯身靠近，聲音清淡地和電話那頭的老師說著建議，眼睛卻看著她，放慢動作，從她唇邊叼走了那一瓣甜美多汁的橘子。

季明舒：「……」

雀口奪食！

喪盡天良！

更喪盡天良的是，和老師通完電話後，岑森便將「岑扒皮」這一名號落實到底，打橫抱起季明舒，回房收取好處。

說來也有意思，岑森和季明舒認真努力了好幾年也沒造出個寶寶給岑小硯還上那筆三不五時就要被提及的「巨債」，沒想到打打鬧鬧收個好處倒是意外地一次命中。

幾年都沒消息，季明舒壓根就沒往這方向想，懷了一個多月不自知，還親自出馬實地勘測，為工作室每年都會接的公益改造專案做策劃。

盛夏午後，太陽明晃晃高懸，驟然脫離空調在老房子外曬了十多分鐘，季明舒有點頭暈目眩。

安寧心細，察覺到她臉色不對，趕忙扶著她小聲問了句。

季明舒想著人家馬上就要過來開鎖了，搖了搖頭，「我沒事，只是有點熱。」

安寧怕她中暑，又幫她撐了傘。

安寧大學時期學的並不是室內設計，可後來選輔修模組課時，因這個模組考查難度高，很多學生不願意選，她選課太遲，便陰差陽錯被分配到了這一門輔修課程。

沒想到越接觸她就對這門輔修課程越感興趣，畢業時她幾經猶豫，最後在季明舒的支持下還是選擇了室內設計方向出國進修，畢業回國，她又順理成章進了季明舒的室設工作室實習工作。

大約是年紀越長越看重存留幾許的親情，又或許是已經得到更為滿足的需要，對過往的失去不再那麼耿耿於懷，這幾年來，岑森本人對陳碧青和安寧的態度和緩了不少，逢年過節會通通電話，也默許了岑小硯叫安寧姑姑，叫陳碧青奶奶。

至於岑家長輩，對他們之間的來往也一直保持著「你不說我不問」的不干涉狀態。

在外頭又等了兩分鐘，安寧發現季明舒的臉色越來越不好，沒等她開口，季明舒忽然踉蹌，眼睛半闔著往後倒。

「嫂嫂！」安寧嚇得連私底下的稱呼都喊了出來，勉強扶住季明舒，高聲喊人幫忙。

✕

以前季明舒參加室設綜藝時也曾忽然暈倒，醒來時還惴惴不安地腦補自己得了什麼不治之症。

這回醒來卻沒給她腦補發揮的空間，剛濛濛轉醒，硯寶就站在床邊拍著小手手脆聲公佈重大喜訊：「媽媽你終於醒啦！你肚肚裡有小妹妹啦！」

公佈完他還湊上去嗯嘛親了季明舒一口。

「媽媽要休息一下，你打電話給奶奶姑姑報個平安。」

岑森嫌他吵鬧，從身後抱起他，安置到病床右側的沙發上。

季明舒緩了好一會兒才反應過來，邊從床上坐起邊問：「我懷……懷孕了？」

「嗯，五週了。」

岑森揉了揉她的腦袋，又在她唇上印下一吻。

季明舒還有點懵懵的，岑小硯卻反應迅速地捂住眼睛，嫌棄地拖長尾音道：「咦——羞羞臉！」

他嘴上說著「羞羞臉」，兩條小胖腿卻興奮地上下不停擺動，指間縫隙可以看到他那雙葡萄眼睛圓溜溜地一眨不眨，笑得像偷吃魚的小貓咪似的，露出了一排整潔乾淨的小乳牙。

✕

季明舒懷孕，最高興的莫過於岑小硯小學生了。

他的中英日記畫風突變，從以前的「今天吃了XXX，玩了XXX，真是美好的一天」進化成了「今天是小妹妹發芽的第XX天，媽媽今天做了檢查，小妹妹很健康，我太開心啦。」

語文老師和英語老師每天被迫批閱岑小硯的小妹妹發芽記，也不知不覺成為了小妹妹成長觀察團的一員。

季明舒生產前，兩位老師還一前一後打電話進行了慰問，口口聲聲稱呼還未出生的小不點為「岑硯同學的小妹妹」。

其實這次懷孕，季明舒和岑森沒有刻意去檢測性別，兩人也多次糾正岑小硯，告訴他媽媽肚子裡的不一定是小妹妹，可岑小硯撅著嘴巴不聽不聽，說他們倆都是大騙子，欠自己小妹妹都欠了好久好久了，心地善良的他還沒有要利息。

季明舒還因此正正經經煩惱了幾天，心想要是生個小弟弟，硯寶是不是還得追著她討債。可懷孕真是太辛苦了，她這回孕吐得特別厲害，前幾個月簡直水深火熱，生完這個她可再也不想生了。

好在如岑小硯所願，最後季明舒順順當當地生下了一個女寶寶。

聽到是女寶寶時，季明舒和岑森都莫名鬆了口氣。

欠債好幾年，三天兩頭被小祖宗追著討債的感覺實在是太可怕了。

✕

岑小硯出生前岑森就擬定過女孩子的名字，所以寶寶生下來就有了大名，岑琢。

琢寶是個漂亮可愛的女孩子，性格似乎更像岑森，安安靜靜的，很少哭鬧。

但她也有自己的小堅持，除了爸爸媽媽還有哥哥，誰都不給抱。

剛開始季明舒還擔心琢寶太過安靜會不會智商跟不太上，事實證明琢寶是典型的少說多做實幹派，三翻六坐九爬等基礎技能掌握的時間都遠遠早於岑小硯。

一朝碾壓，終生碾壓。

安安靜靜的岑小琢從會說話起就表現出了自己驚人的高智商，什麼都是一學就會。

季明舒隨便放放給小朋友們陶冶情操的音樂劇，岑小琢看一遍竟然就能複述出好幾句英文臺詞。

和岑小硯一起蓋不同年齡層的樂高積木，她蓋完自己的竟然還能為岑小硯指點迷津。

岑小硯放學後在家裡背了好多遍都記不住的古詩，她還能在季明舒抽檢時做嘴型提醒岑小硯。

對比如此明顯，岑小硯竟不以為恥反以為榮，逢人就炫耀自己有個漂亮可愛智商高的小妹妹。

岑硯小朋友上六年級時，班上有大膽的小女生和他告白，還宣稱以後要和他上同一所國中。

他嚴肅地拒絕了人家，冠冕堂皇說著小孩子不能早戀。

事實上他只是給人家小女生留面子，真實想法是覺得人家小女生沒有自己妹妹優秀，他以後一定要找一個和自己妹妹一樣優秀的女孩子做女朋友。

岑硯小朋友六年級畢業時，明水公館重新裝修，一家人暫時搬到了市中心的大平層公寓居住，季明舒無意間發現了一本終極妹控岑小硯已經寫完的小學生日記。

「琢寶的眼睫毛好長，比媽媽的還要長，這是不是就叫『青出於藍而勝於藍』呢。」

「從來沒有見過像我們家琢寶這麼乖巧懂事的女孩子，媽媽做的菜味道那麼奇怪，她都能誇好吃，哎，我是不是應該多向琢寶學習？可是味道真的很奇怪。」

「琢寶今天兩歲啦！我拉著爸爸幫琢寶親手做了生日蛋糕，可爸爸做完，竟然還單獨做了一個草莓小蛋糕給媽媽，他說媽媽也是寶寶，沒有蛋糕會吃醋。回家媽媽果然有一點點小吃醋（雖然不明顯但還是被細心的我發現了），等草莓小蛋糕拿出來又笑咪咪的啦，爸爸真的好聰明哦。」

……

季明舒看得又好氣又好笑。

忽然身後有熟悉的冷杉味道攏來，她趁機舉著日記本告狀道：「你看看你兒子都在胡說八道些什麼呢！」

岑森掃了眼，不以為意，「老師不是打了優秀嗎，哪裡是胡說八道。」

季明舒轉頭，對上他的視線。

午後陽光溫暖宜人，小朋友們在學校上學，屋裡安靜。

她忽然環住岑森脖頸，小小聲問了句：「我永遠都是你的寶寶嗎？」

岑森聲音裡含著笑意，「是。」

岑森獨白

岑森記得回南橋西巷那天，小雨淅淅瀝瀝，雨滴砸在地面水窪裡，跳躍出朵朵水花。天灰濛濛的，像洗了抹布的髒水不均勻塗染。

不只那天，在回到南橋西巷後的很長一段時間裡，他好像總能看見這樣昏沉陰暗的天色。冷調的，陰鬱的，沒有生機且一眼看不到盡頭，偏偏又有極強的裹挾力，連帶所有短促的亮色也蒙上了灰調。

他童年過渡到少年那段不尷不尬的時期，好像一直蒙著這樣一層灰調。沉浸在已經離他遙遠的過往生活中，單方面拒絕了來自外界的所有善意。

很久很久以後，他和季明舒的女兒岑琢慢慢長大，也長得越來越像安靜縮小版的季明舒。他看到岑琢就會時常回想，如果很多年前他接受了小女孩季明舒勇敢朝他伸手的示好，那後來很多獨自走過的晦暗時光，是不是本該明亮。

✕

在岑森的印象裡，季明舒一直是個漂亮且聒噪的女孩子。嬌縱任性，恣意囂張，好像不管在哪都能把自己活成宇宙中心，也理所當然要求所有小行星必須圍繞她公轉。

岑森上初三時，季明舒剛上初一，那一整年，岑森聽到「季明舒」名字的機率比聽到班主任名字的機率還要高。

等到升上高中，學習壓力陡增，同學們茶餘飯後的八卦興趣稍稍削減，但附中的國中部和高中部沒有分割，季明舒仍然是學校各色聊天素材裡的中心人物。

「國二那個季明舒和隔壁班班長走得很近耶。」

「你聽說了沒，田徑隊隊長在追季明舒。」

「昨天上課的時候有人送花到國二的班了，我們等一下班會大概得聽全校公開訓話，老楊肯定不會叫我們寫考卷了，是好事啊！」

……

諸如此類的消息日復一日從岑森耳邊淌過，不用刻意也總能零星記住幾句。

那時晚自習結束，岑森總習慣去圖書館待一兩個小時再回宿舍。因為宿舍聒噪程度不亞於季明舒，回去之後很難專注念書。

當然，他緩了一兩個小時再回去不代表就不必遭受無營養話題的荼毒。

寢室熄燈夜聊，不論什麼話題最後總能莫名其妙繞到學校女生身上。

某天晚上室友討論：

「欸，我今天一早不是睡過頭了嗎，在校門口還遇到李文音和季明舒為了校服裙改短要扣分的事僵那裡，不是我說，季明舒長得可真好看，那小短裙一穿，那雙腿又白又直，真的是！我沒誇張，我那時候真的連眼睛都不捨得眨一下。」

「李文音也長得不錯，他們這屆女生品質真的可以，不像我們這屆，呿，一隻手就能數得完吧？」

「李文音單看不錯，但和季明舒站在一起還是差太多了，有點寡淡。」

青春期的男生不免躁動，關於女同學的討論時有發生，每每有人拋出話頭，大家的發言積極性就不自覺地呈幾何倍數飆升，滿寢室對女生話題不感興趣的，大概也只有岑森和江徹。

那時江徹玩數據競賽，每天睡覺都恨不得在潛意識裡默寫代碼，有人打擾大多會被他不耐煩地懟開。

可岑森溫和沉靜，雖然總有種似有若無的疏離感，但他和大多數人都保持著不錯的同學關係，在寢室還是老大。討論到最後，話頭多數會往他那裡再轉一轉。

「欸，森哥，季明舒和李文音這倆你比較喜歡哪種類型啊？」

「那還用問，肯定李文音啊，你這不是送分題嗎？」有室友語帶調侃替他作答。

和季明舒一樣，岑森本身也是學校風雲人物，時有新鮮緋聞，其中流傳度較廣的一則是說，他和李文音是青梅竹馬，關係十分曖昧。

岑森也偶有耳聞，但並未放在心上。

小時候李文音住在季家，如果這樣就算青梅竹馬，那他和季明舒似乎也沒有理由不算。

一般有人打岔話題總會無疾而終，可那晚打岔完，室友又追著岑森問了遍，「欸森哥，你自己還沒說呢，你到底喜歡哪種啊。」

岑森平躺在床上，就著窗外稀疏的月光看著頭頂的天花板，稀鬆平常應了聲：「李文音那種吧。」

室友們意味深長地拖長語調「噢」了聲，緊接著又是意料之中的嬉笑調侃。

可岑森回答著李文音，腦海中卻不由自主想起季明舒從他面前經過時，下巴微揚，吹口香糖泡泡，還有偷偷翻著白眼的樣子。

季明舒這小女生時常不好好走路，開心的時候喜歡雙手背在身後，腳尖一踮一踮地輕快蹦跳。

不過百褶裙下的一雙腿確實和他室友所說的一樣，白皙瑩潤，筆直修長。

那時的一瞬念頭極其短促，他也沒什麼心情去深思細想，越往後學業越發繁忙，就這麼一直忙碌到了高三畢業。

李文音向他表白時，他剛好從校長那拿到推薦信，之後擁有一段比較難能可貴的休息時間，已經到了可以戀愛的年紀，有時間，又有人表白，恰好還是他當時欣賞的、和季明舒完全相反的類型——那就試一試。

在當時的他看來，這像拿到一套沒做過的競賽題目先試著做一做一樣，是一件簡單也無需深思的事情。包括後來覺得不合適和平分手，從他的角度出發也是同樣的邏輯。

在感情上，岑森覺得自己可以算是精緻的利己主義者，他從未設想，自己有一天會無條件地對一個女人好。

和李文音和平分手後他便出國留學，留學的那幾年，他的時間被安排得滿滿的，感情經歷卻是一片空白。

回國後那場同學聚會，他和季明舒出格地發生了關係，後來究其出格緣由，大抵是因為季明舒對他一直有那麼兩三分的吸引力。再後來，因雙方家庭的利益驅動結婚也是可預料的結果。

其實和季明舒結婚後的很長一段時間，他沒有覺得結婚這件事為他的生活帶來了多大的改變，又或者說有改變而不自知，一直到從澳洲回來，他才明顯感覺到他和季明舒之間已經不似從前。

他變得越來越關注這位花瓶太太的一舉一動，明明成年後的季明舒還是和以前一樣嬌縱任性，恣意囂張，地球好像要圍繞她一個人旋轉才算盡善盡美。可這份嬌縱中似乎多了些他以前不曾瞭解的鮮活，一點也不讓人反感，甚至會讓人莫名想要順從。

在他理性的定義裡，這原本只是一段不怎麼重要的婚姻，季家利用價值降低後，解除這段婚姻關係也沒什麼所謂。可季明舒第一次向他提離婚時，他沒有感覺解脫，反而有些脫離掌控的不快。

再後來，他的情緒總是被季明舒牽動著，不受控制地變化。不管有多忙，只要空閒下來，心裡就好像記掛著什麼。

真正確認自己的心意，大概是在季明舒誤會他和李文音舊情復燃離家出走的那段時間。

某天晚上他和江徹一起去酒吧，無意間聽到有人不乾不淨地議論季明舒，他生平第一次和人動了手，不經思索，也沒有考慮後果。

最好笑的是，在此之前，他一直覺得用暴力解決問題是一件很愚蠢的事情。

那晚動完手，他驅車在季明舒樓下吹了很久的冷風。

大概就是從那晚開始，他很清楚地知道，自己栽了。

認清這個事實，他的心情並不複雜，甚至有一瞬如釋重負，還不自覺地笑了下。

栽了也就栽了。

人活一輩子，總該遇到命中註定的剋星。

岑森和季明舒是在結婚的第三年正式相愛，第五年他們生下了第一個寶寶，第十二年生下了第二個寶寶。

生下第二胎琢寶的時候季明舒三十四歲，看起來仍舊是二十出頭的少女模樣，個性中仍有不應屬於這個年紀的天真。

這大概是因為被保護得太好，從兩口之家到三口之家再到四口之家，岑森心目中的第一順位一直都是季明舒這隻長不大的小金絲雀寶寶。

結婚的第十五年，一向活蹦亂跳的小金絲雀寶寶生了場病，需要進行手術的那種。

起初是身體不適去醫院檢查，而後發現了陰影。

季明舒平日張牙舞爪，實際上膽子就一丁點大，而且她很愛多想，就連節食餓暈都能給自己腦補出一場不治之症。等待結果對她來說，無疑是場漫長折磨。

對岑森來說，也是一場折磨。

季明舒沒有在孩子面前表現出半點異樣，甚至在他面前也假裝輕鬆，嘴上總說著「我們家這麼有錢，什麼病治不好」，可某天夜裡，他發現季明舒起了床，躲在陽臺上偷哭。

他緩緩走過去，從身後抱住了她。

季明舒哭得更兇了，她聲音嗚咽，「你說我會不會得了癌症，其實我……我好怕……我好怕死……我好捨不得你，捨不得寶寶，真的捨不得……」

他輕揉著季明舒的腦袋，溫熱呼吸在她耳側輾轉，可怎麼也說不出安慰的話語。

那好像是他這前半生中，最無力的時刻。

那段時間他和季明舒都瘦了很多，後來檢查結果出來，是良性腫瘤，需要做切除手術。

他放下了手頭所有工作全程陪護。

手術還算簡單，完成得也比較順利，但怎麼說也是動了刀子。術後季明舒休養了很長一段時間，才恢復活蹦亂跳的鮮活模樣。

可岑森恍然意識到，他們已經不像十幾二十歲時那麼年輕了。

季明舒生病時，他曾做過最壞的打算。如果季明舒有一天先走，他會代替季明舒盡到為人父為人母的職責，把岑硯和岑琢撫養成人，看著他們成家立業，然後毫無牽掛地去找她。

他這一生本就孤獨，因為季明舒，他偷得許多溫暖時年，總不能讓這膽小鬼孤獨地等很久很久。

記得很多年前，他去見南灣項目一個姓常的投資人。那位常先生是出了名的顧家，言談間總說，錢是賺不完的，有時間要多陪陪家人。

那時他不以為意，現如今卻覺得，得到再多，如果沒有季明舒和他分享，好像也沒有任何意義。

他的工作安排大幅縮減，很多事都放權給了這些年培養的岑家後輩。

他會為季明舒規劃合理健康的一日三餐，陪季明舒逛商場、參加活動，和季明舒一起出門旅行，甚至還早早規劃起了岑硯長大後徹底將岑氏移權，兩人旅居過二人世界的退休生活。

在摩洛哥旅行時，季明舒吵吵嚷嚷著要寄明信片給她的好姐妹谷開陽和蔣純。

他也順便寄了一張，收件人是季明舒。

上面用行楷寫了一句話——

「寶寶，這一生或長或短，我都會是陪你走到終點的人，謝謝你毫無預兆地闖進我的人生。」

年年歲歲

大年三十，早上八點。

屋外劈哩啪啦傳來爆竹聲響，間或夾雜小孩玩鬧發出的咯咯笑聲。

谷開陽扯開眼罩，打了個呵欠，又慢吞吞從床上坐起，雙手上舉伸了伸懶腰。

她工作忙，一年到頭也就過年休假這幾天能好好睡個飽覺。

因為一直有新年祝福簡訊傳進來，擱在床頭櫃上的手機一直處在螢幕自動亮起的狀態。

她沒看，如今她已經不需要神經緊繃時刻握著手機生怕錯過主管的重要來電了。

谷開陽今年三十五歲，是國內頂級男性時尚雜誌《零度》的主編，因前些年參加一檔素人戀愛綜藝走進大眾視野，還慢慢發展成了一位擁有三千萬粉絲的知名時尚部落客。

當年她掏空身家才買下的樓中樓早已換成了一線臨江的全景大獨戶，車也從賓士換成了法拉利。

十五歲時她曾幻想過的生活，三十五歲的她已經完全得到。唯一美中不足的大概是，三十五歲的她依然孤身一人。

這些年她一直沒有戀愛，沒有時間，也沒碰到合眼緣的、願意為之浪費時間的人。

往前追溯上一段心動，好像還得追溯到參加那檔素人綜藝時遇到的周佳恆。

周佳恆現在是君逸集團的實際負責人，前幾年和一位溫柔漂亮的高中英語老師結了婚。結婚時她剛好在米蘭出差，沒辦法去婚禮現場，就在通訊軟體上闊氣地隨手匯了禮金。事後近半個月，季明舒和蔣純和她說話都小心翼翼，生怕踩雷惹她生氣。

谷開陽有點無奈又有點想笑。

其實她真沒覺得有什麼需要避諱，當初參加節目，她對周佳恆確實有點意思。周佳恆條件優越，待人接物進退得宜，再加上其他男嘉賓襯托，對他心動是一件很自然的事，這一點她從未否認。

只不過她谷開陽也不是什麼拿得起卻放不下的人，兩人本來就沒有開始，周佳恆又對她完全沒有想法，節目錄製結束頹喪了幾天，這件事在她這裡也就翻了篇。

這些年她不只一次和季明舒蔣純解釋，這段對她來說已經是過去式，可這兩人小說看多了，三不五時就幫她強加戲份，還振振有詞拿她一直單身當作證據，她也實在是有些無奈。

雖然已經睡醒，但谷開陽不想起床洗漱，更不想出去吃早飯。無他，只要和她爸媽還有來家裡吃團年飯的三姑六婆打上照面，那必然是三句不離找對象。

在平城這種大城市，三十五歲不戀愛不結婚不算稀奇。可回到老家，不管她多有能力多能賺錢，也不可避免要被人貼上「大齡剩女」的標籤。

其實很多時候她都會有一種不想回家過年的衝動。

她老家這邊大多重男輕女，以前家裡只有她一個，父母未曾表現出相關傾向，還供她出國念設計，所以她一直以為她父母是不同的。可大學畢業那年，她爸媽不打招呼生了個弟弟給她，並且三不五時就拿供她出國這事提醒她，以後弟弟就得靠她全力幫襯了。

慢慢的，她和家裡感情就疏遠起來，工作後往家裡寄的錢越來越多，電話卻打得越來越少。再加上這七八年萬變不離其宗的催婚，感情磨得越來越淡，話也越來越說不到一起。

平躺著又睡了半小時，外頭動靜越來越大，三姑六婆們恐怕已經到齊了，她再躲起來懶也有點不像話。

她起床洗漱化妝，順便撈起手機看了眼。

湛星移：【谷主編，除夕快樂啊。（齜牙）】

看到最新一則訊息來自湛星移，谷開陽略感意外。

湛星移是個男明星，官方年齡二十七，據她推測實際年齡可能大一兩歲，好在他身上有股少年感，之前磋磨了幾年沒什麼動靜，這兩年憑藉兩部爆紅劇迅速躥紅，很快便擠進了鮮肉流量的行列。

她和湛星移因為工作偶有碰面，年前她從巴黎出差回來，剛巧碰上湛星移被私生飯逼得和助理換了行頭，結果又被路人粉認出好半晌不得脫身。

她當時沒多想，順手幫忙打了個掩護，又順路將他送回了落腳飯店。

到飯店後湛星移好一番感謝，她也沒客氣，趁機和他要了一疊簽名照，想著過年回老家剛好用來派發給親戚家追星的小女生們。

這時看到湛星移傳來的通訊軟體，谷開陽怔了兩秒，又看在簽名照的份上，順手回了句：【除夕快樂。】

湛星移收到谷開陽的回覆便開始斟酌著怎麼繼續往下聊，可谷開陽沒當回事，回完訊息就將手機扔在一旁，去外頭和親戚們聯絡感情了。

谷家人多，吃團年飯的時候客廳圓桌坐滿了兩桌，作為谷家最有出息並且三十四還沒結婚的「大齡剩女」，谷開陽自然是所有人關注的焦點，圍繞她這焦點展開的話題也無外乎「戀愛結婚」這一重心。

早知道有這麼一遭，谷開陽早早做好了心理準備，反正一年就碰這麼一回面，說什麼她就好好聽著好好應著就是了，又不會少塊肉。

谷開陽的心理準備可以說是做得十分充足，可架不住有些七拐八繞真把自己當根蔥當顆蒜的親戚得寸進尺，越說越不像話，還打著關心你的長輩名義找優越感。

谷開陽忍了又忍，終於在某位表出十里地的表姑陰陽怪氣說要介紹一個二婚年近四十的小公務員給她時，忍不住用同樣陰陽怪氣的語調刺了回去：「表姑你對條件好是不是有什麼誤會呀，他一整年的薪水還沒我一個月的銀行利息高，日子要怎麼過啊。」

表姑那臉紅一陣白一陣，「他人老實！」

谷開陽輕嗤了聲，「就算是我們家對面那所理工大學找個男大學生一個月幾十萬幾十萬地養著，我想也滿老實，而且人還年輕，不用我幫忙養拖油瓶。」

「谷開陽！」

「三十幾的人怎麼這麼不會說話！」

她媽丟了筷子，板著臉訓了句。

谷開陽不以為意地又懟了句：「不會說話會賺錢不就好了。」

她媽「砰」的一下拍上了桌子。

桌上氣氛倏然尷尬，其他親戚趕忙轉移話題打著圓場，谷開陽面無表情，這惡氣憋著憋著出了個乾淨，她也沒心情多待，隨口找個理由便離了席。

她正準備和姐妹們匯報一下自己的光榮戰績，打開通訊軟體卻發現湛星移傳來了好幾則新訊息。

湛星移：【上次多虧你打掩護了。】

湛星移：【對了谷主編，你過年有什麼安排？】

湛星移：【在平城嗎？】

谷開陽也不是什麼懵懂少女，盯著這幾則訊息看了會兒，很快品出了點不同尋常的意思。

她仔細回想了下之前和湛星移的接觸。

這人還滿陽光的。

有點小奶狗屬性。

在圈內口碑不錯。

可他還不到三十……

谷開陽也不知道在想什麼，過了很久才反問道：【你呢。】

湛星移也是閒著，秒回道：【我在平城。】

湛星移：【今年一個人過年。】

湛星移：【你在平城的話，晚上要不要喝一杯，看看春晚？】

谷開陽盯著「看看春晚」這四個字盯了好一會兒，沒忍住翹起了唇角。

谷開陽：【好。】

回完訊息，她打開購票軟體，訂了張回平城的機票。

×

大年三十，下午兩點。

平城雪停，地上積了一層厚厚新雪，蔣純和唐之洲帶著自家小孩在餐廳裡包餃子。

蔣純和唐之洲在婚後第三年生了一對雙胞胎男寶寶。他們的作家奶奶取了名字，一個叫唐景行，一個叫唐行止。

蔣純特地查了下這名字的出處——「高山仰止，景行行止。」

看了釋義，她還和唐之洲小聲叨叨過：「景行是大路的意思，對應高山，他奶奶是覺得唐高山沒有唐行止好聽所以才沒讓他們兩人名字對稱吧？但這ㄒㄧㄥ、啊ㄒㄧㄥ、的多繞口，直接叫唐大路唐高山順口多了。」

於是蔣純每次生氣的時候就會喊：

「唐高山！你再不吃飯你就永遠不要吃飯了！」

「唐大路！現在立刻馬上給我關掉電視！不然你這輩子都別想再看奧特曼了！」

由於日常被蔣純這魔鬼媽媽洗腦，唐景行小朋友小學一年級有次考試，還迷迷糊糊把自己名字寫成了唐大路，事後考卷被整合到其他班一個真叫唐大路的小朋友身上，鬧了好一頓烏龍。

但蔣純並未就此悔改，過年包餃子她都不忘叫著愛稱鞭策兩小隻：

「唐高山，你的餃子褶痕呢？包這麼醜，琢寶肯定不會吃的。」

「唐大路，你肉放少一點！琢寶那麼小，怎麼吃得了這麼大一塊？」

沒錯，蔣純深謀遠慮，從季明舒家琢寶剛出生起，她就在內心強行將琢寶預定成了自家媳婦，三天兩頭帶著自家兩小隻去琢寶妹妹面前刷存在感，還鼓勵自家兩小隻公平競爭。

可不管蔣純怎麼鞭策，到最後兩小隻包出來的餃子成品還是慘不忍睹。

順路去季宅送餃子時，蔣純憂愁地嘆了口氣，「靠他們兩個，我這輩子可能都沒辦法和我家小舒舒結成親家了。」

唐之洲一把將車倒進車庫，傾身幫她解安全帶，又摸了摸她的小肚子，聲音溫和帶笑，「你還可以靠她。」

哦對……肚子裡的小朋友已經檢查出來是個小女生了，給岑硯當老婆的話，年紀上稍微吃虧點，但好像也沒什麼毛病。

想到這，蔣純又愉快地笑瞇了眼。

✕

大年三十，晚上七點。

季明舒和岑森依照慣例，中午回季宅，晚上回南橋西巷。與以前不同的大概是，現在他們出門都要帶上岑小硯和岑小琢。

晚上岑小琢吃了兩個她小土鵝阿姨送來的餃子就張著小嘴昏昏欲睡，岑小硯和岑家其他小朋友從後車箱裡搬出幾個紙箱，興沖沖地準備放煙火。

季明舒吃得有點撐，和岑森撒了撒嬌，挽著他到外面散步幫助消化。

南橋西巷這些年一直沒變，還列入了恢復古街的計畫範疇，以後可能也會一直保持原貌。

雪很厚，季明舒踩著小羊皮靴深一腳淺一腳往前，看著熟悉的街景，不自覺地就想起了一些舊事。

「你記不記得你就是有一年除夕跟我表白的，就在這個地方。」停在巷口電線杆前，季明舒忽然感慨道。

岑森在身後輕輕抱著她，「記得。」

季明舒不知道想起了什麼，忍不住偷偷翹起了唇角。

「嗯？笑什麼？」

季明舒快速繃住了笑，還一本正經清了清嗓子，「沒什麼……就是，我覺得這個就叫誰先喜歡誰就輸了，你看你先跟我告白，現在就被我吃得死死的對吧。所以我就覺得，我們琢寶以後得培養得高冷一點，這樣就沒有那麼容易被騙走，對不對。」

岑森不自覺想起季明舒那時趁他睡著悄悄表白，唇角往上牽了牽，卻只順著她的話頭附和：「嗯，對。」

我愛你，你說什麼都對。

✕

大年三十，晚上十二點。

伴隨著倒數計時，新年的煙火簇簇升空，平城靜寂的夜一瞬被照得晃若白晝。

全副武裝遮得只剩一雙眼睛的谷開陽和湛星移在小酒館裡笑著碰了碰杯，互道一聲新年快樂。

蔣純、唐之洲和家裡兩小隻坐在餐桌前吃熱騰騰的餃子，還不忘和電視裡的主持人一起倒數。季明舒和岑森在院子裡堆好了四個意識流的小雪人，琢寶還在睡，岑小硯懂事地捂住了她的小耳朵。

舊年合約在這一刻到期，新年續約。

願，年年歲歲，復有今日今朝。

高寶書版集團
gobooks.com.tw

YH 107
不二之臣（下）

作　　者　不止是顆菜
責任編輯　陳柔含
封面設計　陳采瑩
內頁排版　賴姵均
企　　劃　何嘉雯

發 行 人　朱凱蕾
出　　版　英屬維京群島商高寶國際有限公司台灣分公司
　　　　　Global Group Holdings, Ltd.
地　　址　台北市內湖區洲子街88號3樓
網　　址　gobooks.com.tw
電　　話　(02) 27992788
電　　郵　readers@gobooks.com.tw（讀者服務部）
傳　　真　出版部(02) 27990909　行銷部 (02) 27993088
郵政劃撥　19394552
戶　　名　英屬維京群島商高寶國際有限公司台灣分公司
發　　行　英屬維京群島商高寶國際有限公司台灣分公司
初　　版　2022年10月

本著作物《不二之臣》，作者：不止是顆菜，由北京晉江原創網絡科技有限公司授權出版。

國家圖書館出版品預行編目(CIP)資料

不二之臣（下）/不止是顆菜著. -- 初版. -- 臺北市
：英屬維京群島商高寶國際有限公司臺灣分公司,
2022.10
　冊；　公分. --

ISBN 978-986-506-524-9(下冊：平裝).

857.7　　111013186